El Bólido
Agustín

El Bólido Agustín

/

André Rosemberg

contos

Editora Quelônio

A meu pai

El Bólido Agustín

Del éxtasis a la agonía,
Oscila nuestro historial
Podemos ser lo mejor
O también lo peor
Con la misma facilidad

LA ARGENTINAD AL PALO
Bersuit Vergarabat

Agustín Oviedo, El Bólido, morreu. Fosse eu dado aos clichês da crônica esportiva, diria que Agustín não conseguiu driblar os anos acumulados, a arrogância dos vendidos nem a maldita doença galopante que lhe roubou a consciência, na maciota, pelas beiradas, como um juiz caseiro. Agora, o que me resta dele é a saudade doída e essa notícia publicada no *site* "Que Fim Levou?", mais por deferência a mim – que avisei Milton Neves do infortúnio – do que por interesse legítimo da equipe do portal esportivo. Deve ter sido um infeliz estagiário o responsável por resumir duas décadas de carreira em um epitáfio não mais que protocolar, reduzido a cinco linhas sem cor nem sabor: "Agustín de Oviedo y Oviedo (Jujuy 1927 – Rio de Janeiro 2019), voluntarioso ponta-direita argentino. Jogou por dezoito anos no Racing de Avellaneda. Passou rapidamente por Flamengo e Bangu. Terminou a carreira no Olaria (RJ). É tio de Miguel Ángel Oviedo, que compôs o elenco campeão pela Argentina na Copa de 1978". Sobre a biografia de Agustín fora das quatro linhas, nem um mísero aceno: o engajamento político e a carreira de cronista esportivo não mereceram nenhuma aspa.

A memória é seletiva, assumo. E longe de mim ser poliana: consigo admitir que as glórias de Agustín possam se enquadrar nos limites amplos do meu carinho. Ao mesmo tempo – não vou contestar –, reluto em conceber que a ilusão do afeto venha turvar tão completamente o obturador da objetividade. É nessa encruzilhada que me encontro agora.

Olhando por trás do ombro, o passado se esvai como areia ao vento cada vez que tento dar nitidez à memória. O que surge são vestígios, fragmentos, escombros de uma relação; uma relação entretecida durante toda uma existência – a minha e a de Agustín. Agora que ele se foi, só me resta tentar conter a enxurrada de "serás" que conspiram para corroer a mortalha idealizada, que somente a mão da morte é capaz de cerzir na lembrança condescendente dos que ficam.

Agora que El Bólido morreu, pergunto se me será legítimo enfrentar o sofismo que é narrar, de acordo com as cores da minha paleta, a história de Agustín, ou, vá lá, no mínimo, a nossa história. Pois, assim, acometido do mesmo autoengano do falsário que, a fim de cobrir sua cópia com uma pátina de legitimidade, crê piamente ter dado à luz uma obra mais autêntica do que a original, eu me aflijo diante desta missão: a de deixar inscrito para a posteridade o meu panegírico, lapidado em ato de resistência, de vindicação e, por que não, de expiação.

A minha vontade é de gritar: Escutem bem, detratores. Agustín, El Bólido, jogou pra caralho!

Ouviram?

E jogar pra caralho, que fique claro, não se limita à literalidade de seu primado dentro das quatro linhas. O jogo aqui, como já disse alguém muito mais sábio do que eu, é uma metonímia dessa nossa existência safada, antes que nos tornemos (parafraseando o próprio Agustín em sua filosofia mórbida) *pasto de los gusanos.*

No entanto, sem forças, refugo. No caminho, me surpreende, de través, outro dilema; o dilema de perceber desafiada a minha honestidade intelectual e de ter sido colocada à prova minha vocação, uma vez que, como jornalista íntegro que me considero ser, forço-me a sustentar a neutralidade da pena. Não é, afinal, minha profissão de fé relatar fielmente os eventos da maneira como eles se passam? O grito permanece estanque na garganta, embargada de tristeza, dando o braço a torcer à pouca sensatez e pudor que ainda me restam. Ao menos, eu permito à minha voz vacilante semear no mundo a verdade redentora da versão que construí. É isso. Não abro mão do direito de legar ao futuro esta versão. Pois, assim, repito: Agustín de Oviedo y Oviedo jogou pra caralho!

Dentro do silêncio que me imponho, só consigo escutar o rabicho de voz espanholada que chega, presumo que do além, portadora do mantra moral, repetido à exaustão, que o guiou pela vida afora, do berço ao túmulo. A voz chega modulada pelo sotaque arranhado de quem nunca fez força para aprender o português; ou, fazendo valer a *argentinidad al palo*, deixou patente a recusa em se dobrar ao idioma do país que o acolheu; a frase feita que me perseguiu incontinente durante todos esses anos é um pastiche cínico – descobri já adolescente – da ironia do poema de Fernando Pessoa: "*Vivir, Flaco, es como un partido de fútbol: si el árbitro no lo ve, todo vale la pena*".

É certo que vim à luz em 1963. Não tive o privilégio de testemunhar El Bólido em ação no futebol profissional. Mas basta passar os olhos pelos cadernos esportivos argentinos do início da década de 50 que a habilidade de Agustín se projeta das páginas compostas com capricho gráfico. À parte as resenhas impressas, raras imagens sobraram desse tempo pré-videotape. São trechos breves de filmagens que auxiliam a enxergar, mesmo imerso na penumbra que recobre o passado, o gênio de Agustín. Na projeção salpicada de manchas e riscos, me vejo capaz de interpretar lampejos e infiro o patamar elevado onde se *ubica* sua estirpe.

Uma crônica de Ernesto Sábato publicada no *El Gráfico* na edição de fevereiro de 1954, ainda que temperada (os melindrados vão ressalvar) pelo costado *blanquiceleste* do escritor, notório *hincha* do Racing, eleva Agustín à categoria dos (e aqui transcrevo em livre tradução) "jogadores universais, da prosápia daqueles que desfilariam em campos imemoriais, sob a moldura de não importa qual esquema tático; são artistas que transcendem o universo do futebol [no original, *balonpié*] e se imiscuem no reino hierático do Belo, do Belo hegeliano, como um Dante, como um Michelangelo, como um Beethoven". Guardo com esmero essa revista na companhia de outras *memorabilias*, colecionadas em forma de oratório. Com os anos, me tornei uma espécie de guardião da memória de El Bólido. "*Eres mi museo, Flaco*", costumava brincar Agustín a cada memento que me doava. Até hoje sou incapaz de me livrar dos ex-votos de sua carreira, os quais entesouro num cômodo do meu apartamento. Agustín, a quem, ainda na primeira infância, fiz subir ao pódio de pai depois que meu genitor fugiu para nunca mais. Nem as rusgas nem o nosso afastamento ressentido me fizeram desapegar desse museu *kitsch* que imita, de certa maneira, o altar organizado pela mãe de orgulho vesgo a ostentar os feitos insossos de um filho que teve a má sorte de se tornar, no paroxismo do sucesso, um ator de comerciais B ou um prodígio-mirim de programa de auditório.

Na Argentina, foi ainda pior: a morte de Agustín foi recebida como um sórdido *fait divers*, uma curiosidade apensa ao rol das anedotas meio deprimentes da história atual, pertencente ao rescaldo dos intermináveis imbróglios políticos nos quais a sociedade platina não se cansa de chafurdar. Agustín foi tratado como uma espécie de peronista *naïf*, de inteligência quase alvar, manipulado pelo governo populista do General com o objetivo de amolecer sua imagem perante a população obreira de Avellaneda, e que, mais recentemente, teve o nome envolvido no caso dos "Papeles Cantilo", um escândalo de corrupção ligado ao ex-presidente da Associação de Futebol Argentino durante a ditadura militar.

Pelo fato de ter sido um jogador de bola e oriundo das classes operárias, os jornalistas o consideraram incapaz de desenvolver espírito crítico e autonomia reflexiva para se posicionar politicamente. *Mutatis mutandis*, numa comparação anacrônica, Agustín seria considerado hoje uma espécie de antissócrates (o jogador, não o filósofo): nosso Sócrates Brasileiro, o Doutor Sócrates, símbolo do destemor político, da resistência democrática e da iluminação; já a Agustín, coube o estigma do cretino, do alienado, do ignorante. Uma das poucas notícias publicadas após seu falecimento informava que "pela primeira vez na história" um jogador tinha sido "cooptado" pelos poderosos a fim de servir de garoto propaganda do regime autoritário. Inaugurava-se, escreveram, uma nova estratégia de marketing político colocada em prática pelos governos de mão pesada. Lembrou-se que Agustín costumava acompanhar Perón nos comícios, subscrevia manifestos e participava de reuniões sindicais, sempre, segundo as reportagens, como uma marionete do regime. Por displicência ou por puro recalque, fez-se troça de uma versão que circulou no final dos anos 50, entre membros da diretoria da Juventude Peronista de Avellaneda, de que Agustín teria sido "gentilmente convidado" a deixar o país pela *manu militari* do governo de Aramburu, em 1957, o que teria precipitado a venda de seu passe para o Flamengo. Essa narrativa, a imprensa contestou com outra, desairosa, informando que o exílio de Agustín de fato tinha sido imposto a fórceps, não pela vara do arbítrio golpista, mas pela prosaica razão de ter sido tangido do país pelos cornos de um marido *cabrón*.

Agora, Agustín está morto. E me flagela a penitência do abandono de mão dupla. Nossos embates na minha juventude, a arrogância pueril de submeter o velho mestre, o desejo mitológico de assassinar a paternidade, que ele, de sua maneira *canchera*, insistiu em assumir. Nosso afastamento coincidiu com o engatinhar da confusão mental que se alastrou na demência precoce, cujos primeiros sinais remontam ao final da década de 70 ou início da década de 80, e se confundiram com os rompantes pernósticos de sua personalidade. Coincidiu também com a compreensão – que só uma certa madureza é capaz de prover – do lugar que eu devia ocupar no mundo dos adultos tomado o contexto de reabertura política e das questões sociopolíticas, cujos debates eram amplificados pelo ambiente mais arejado daqueles anos. Agustín, eu percebi, apesar de sua carcaça popular e populista, escarnecia (ou quase) das aflições em relação à minha origem e às possibilidades a mim abertas de inserção social e profissional num país marcado por um histórico de desigualdade endêmica e racismo estrutural.

Mais tarde, muito mais tarde, experimentei uma reaproximação compassiva, motivada mais pela culpa deste senhor já encanecido, que vem padecendo na pele a razia dos anos que velozmente o assaltam. Voltei para o lado de Agustín com a sageza de quem já viu aplacadas as brasas juvenis, estropiado do campo de batalha, onde se acumularam as parcas vitórias e as tantas derrotas. Percebi que não valia a pena requentar os ressentimentos de um embate que ficou perdido no tempo; mais louvável era o exercício de empatia para tentar compreender as motivações, os movimentos do outro, ainda que – como fui me dar conta mais tarde e para continuar na metáfora marcial – eles tenham me arrancado sangue. Enfim, como um filho pródigo, voltei para cuidar de Agustín, na tentativa vã de ralentar a fuga do juízo que lhe escapava. No lusco-fusco entre a razão e a sandice, no espaço em que se pode duvidar da manipulação consciente, Agustín me obrigou a retornar com o rabo entre as pernas. Só espero que o reencontro não tenha sido inútil, considerada a outra ponta da equação. É com isso que me remoo. Na superfície de suas emoções, nessas décadas de reaproximação compulsória, não identifiquei nenhum aceno de sua parte nem uma centelha de apreço que transparecesse da carranca rude e ranzinza com a qual atravessou os últimos anos de vida. Não nego que minha persistência teria sido adoçada se, como retribuição, percebesse um corner envergonhado de sorriso ou a sensação de mãos que se aproximassem para formar um abraço inseguro. Penso – agora ainda mais – sobre o que significou para ele a minha reentrada em sua rotina de desespero e solidão. Porém, obstinei contra aquela tábula rasa: tentei extrair de gestos, silêncios e resmungos algum sinal de amor. Ah, Agustín, meu querido, o que foi feito de nós?

Em meus delírios, não escondo que meu desejo ansiava por um caderno publicado no *Olé*, à moda antiga, em edição gráfica, para colecionadores. E, por que não, um especial de dez páginas, quatro cores, no caderno de cultura do calhamaço dominical do *La Nación* – a edição esmerada, à guisa de desagravo, burilada ao longo dos anos, na antessala da morte de uma celebridade provecta. De última hora, preencheriam os espaços vazios com as lembranças de amigos íntimos e figurões, todos aqueles que circularam na órbita de Agustín magnetizados por seu carisma, encantados pelo seu furor político, embasbacados por sua pena inspirada. Seria a glória para o meu maravilhamento infantil: a ilusão de meninote seduzido pelos encantos do ex-jogador do Flamengo, da ascendência do excêntrico, munido de bastante tempo disponível para domesticar sob as asas este pupilo voluntário. A criança para quem o chão sacrossanto do Maracanã e o pasto agreste de um estádio qualquer perdido na periferia carioca provocavam o mesmo frisson, desde que fosse Agustín a desbravá-lo com a bola aos pés e a cabeça erguida.

A imagem de Agustín povoa as minhas primeiras referências de algo que se aproxima de uma satisfação consciente. Agustín começou a frequentar o sobrado onde eu vivia com a minha família, fincado num subúrbio entre a Tijuca e Vila Isabel, trazido por um argentino que, de acordo com a tipologia dos arranjos amorosos-familiares da época, era *amigado* de uma irmã de mamãe, e a quem eu chamava carinhosamente de tio muito devido a uma forçação de barra familiar, que insistia a todo custo na formalização da união. Os dois – meu "tio" e Agustín – tinham crescido juntos, vizinhos de parede, nos fundos de casas geminadas na *calle* Bertuti, em Avellaneda. Os pais de ambos – aprendi nas fábulas domésticas – igualmente privavam de amizade antiga: as mães, professoras da rede pública (a de Agustín, mestra de *castellano* e autora de uma antologia crítica de poetas nascidos em Buenos Aires na primeira metade do século XX); enquanto os homens, de hirsutos bigodões, eram pertencentes à *Vieja Guardia Sindical*, grupo de sindicalistas que auxiliou a ascensão de Perón nos anos 40. Meu tio e Agustín seguiram com esmero a cartilha ensinada no seio do lar, os dois politizados, da esquerda populista operária, amantes da cultura de extração popular. No Brasil, se radicaram no samba e na boemia. No que concerne ao mulherio, demonstraram predileção convergente, própria de um tipo meio cafajeste de gringo: uma queda acentuada pelas "mulatas inzoneiras" do subúrbio, consideradas, no quadro mental do preconceito argentino, boas para trepar; impróprias para casar.

Quando Agustín veio jogar no Flamengo, meu tio já havia se mudado para o Rio havia alguns anos. Ele não cansava de revisitar, sempre com um brilho nos olhos, o dia em que leu no jornal sobre a contratação pelo rubro-negro do velho companheiro de traquinagens. Decidiu receber *in loco* o ponta-direita, que desembarcou no Santos Dumont, em voo vespertino, no dia 22 de janeiro de 1957. Rara era naquele tempo a travessia Buenos Aires-Rio de Janeiro ser realizada via aérea. De costume, fazia-se a viagem nos paquetes que singravam aquele trecho do Atlântico Sul. Agustín, entretanto, que padecia de talassofobia, uma paúra patológica de mar aberto, era terminante na recusa de embarcar. No ato da transferência para o Flamengo, fez questão de incluir no contrato uma cláusula que o desobrigava a jogar no estrangeiro caso a viagem fosse feita em navio. Agustín se borrava de rir cada vez que contava a anedota que circulou na época dando conta de que, para economizar uns caraminguás, o presidente do rubro-negro, José Alves Morais, acertou com um amigo, acionista da Panair, que colocasse o recém-contratado em avião de carga, junto com a tripulação. Não sei se Agustín exagerou a magnitude da turbulência que enfrentaram, mas o fato é que, de troça, ele não se cansava de recitar o "Pai-Nosso", lustrado no mais afinado falso sotaque baiano, que teria adquirido por osmose de tanto ouvir um funcionário da companhia aérea, companheiro de infortúnio, rezar durante as seis horas de voo.

Agustín desembarcou no Flamengo com alguma pompa. El Bólido ganhou incenso na capa do *Jornal dos Sports*, com direito a foto posada, de baixo para cima, conferindo ao argentino uma *gravitas* de estátua. Acima do retrato de Agustín, a legenda acendia a provocação: "Chegou o Garrincha portenho?". O ponto de interrogação dava à nota um tom mais derrisório do que imodesto. No final dos anos 50, a comparação com o Mané só podia pender para o jocoso, para o absurdo ou para a sacanagem. Ainda assim, a presença de um jogador gringo sempre atraía atenção dos torcedores. Muitos *hermanos* deram conta de lustrar a contento a pelota em campos tupiniquins, ainda que driblando em castelhano. Até a vitória em 1958, na Suécia, nós, brasileiros, olhávamos para o *Sur* com um ar de inveja. Antes de Pelé e Garrincha elevarem o patamar do Brasil e, por tabela, de toda a sulamérica, era na Argentina que se garimpavam craques em borbotões. Não me deixam mentir Alfredo Di Stéfano, claro, mas, tampouco, La Máquina Millonaria do final dos anos 40, em cuja linha desfilaram Muñoz, Moreno, Pedernera, Labruna e Loustau. Inclusive, circula entre os especialistas saudosos a versão de que, caso a Argentina não tivesse pipocado para jogar a Copa de 1950 disputada no Brasil, teria levado o caneco com o time reserva. Por isso, pela fama de Agustín no Racing, pelo ufanismo da imprensa portenha e pelo apodo futurista que abrilhantava seu nome – El Bólido –, os suspiros em torno do novo reforço não foram desprezíveis. Mas, no Brasil, pode-se dizer que a carreira de Agustín alçou voo de galinha. Uma frustração amplificada na proporção do seu desempenho, que se amofinava a cada partida do Flamengo.

Não quero aqui especular sobre os motivos do inesperado insucesso: uma contusão no adutor o tirou de combate por dois meses, em meados de 1957; fofoqueiros sopraram "problema no vestiário", assim no genérico (Agustín sempre negou com veemência quaisquer rusgas com os colegas: afirmava que se dava com todos e que todos lhe debitavam respeito); a personalidade marcante, o fato de ser intelectualizado num ambiente carente de espírito crítico, a procedência estrangeira... vai saber. Com os meus botões, cogito uma possível rixa com o técnico paraguaio Fleitas Solich, que então comandava o Flamengo. Parece que o Feiticeiro gostava de tanger os seus elencos no arrocho da canga; não suportava que lhe retorquissem as ordens ou que lhe contestassem a autoridade. Agustín? Desde os tempos de Racing, teimava em manter a crista eriçada, debatia com os treinadores a melhor tática, influenciava nas escalações. Em Avellaneda, esbanjava moral para peitar a hierarquia. Aqui, teria que esperar a vez. Já com cinco anos à frente do time da Gávea, Solich mandava soltar e mandava prender. Montou um timaço – apelidado, sem qualquer exagero, de "rolo compressor": botou para jogar uma fieira de cobrões – Jordan, Dequinha, Moacir, Evaristo, Zagallo, o mestre Dida, Babá. À boca pequena, falavam que Solich não topava com argentino – era caso de desavenças geopolíticas. Quando foi treinar o Real Madrid, teria encrencado com (note-se bem a gravidade) o gênio Di Stéfano.

O certo é que Agustín nunca vingou no futebol brasileiro. Na Gávea, atravessou uma temporada medíocre, entrou em campo treze vezes e marcou um gol, de pênalti. No final do ano, foi vendido para o Bangu, onde mal suou o fardamento apesar da fornalha de Moça Bonita. "*Bangu es caliente pra carajo, Flaco... peor que Jujuy*", lançava mão como justificativa do baixo rendimento. Ainda no meio da temporada, foi negociado de contrapeso com o Olaria numa troca pelo centroavante Sauí. Só para agravar a humilhação de Agustín, o Bangu ainda se viu obrigado a pingar alguns *merréis* a fim de passar a régua no negócio. El Bólido terminou o ano de 1958 se arrastando pelo campo careca da rua Bariri: três partidas, nenhum gol. E pensar na ironia dessa vida inglória: em sete de setembro de 1972, foi na mesma rua Bariri, quando envergava o uniforme alvianil do Olaria, que o futebol profissional desencarnou de Garrincha. Agustín não gostava de assumir, mas se deprimiu com o escambo que marcou seu fim de carreira. Fosse sua vida um tango, já teria a estrofe lamentosa: terminei meus dias como contrapeso do Sauí. Agustín largou as chuteiras no início de 1959, aos 32 anos.

Mas, como diz o poeta, do asfalto também brota uma flor, pois da zona oeste carioca não contraiu apenas as brotoejas e o couro grosso, oferecimento do calor abrasivo. Agustín trouxe de Bangu "*una dádiva*". À base de muita ronha, conversa mole e promessas sussurradas, fisgou uma cabrocha, carioca da gema, morena de estereótipo, filha do Maneco da Farinha, o feliz proprietário da padaria vizinha ao estádio. Dagmar e "sus ojos de miel" ferraram os grilhões nas canelas maltratadas de Agustín e o ajudaram a mantê-lo cativo no Brasil mesmo depois que recebeu o bilhete azul no Olaria. E com Dagmar manteve uma relação errática, para dizer o mínimo, no compasso de um bolero meloso. Desconfio de que não tenha faltado amor genuíno – dela para ele, sem dúvida, e até no sentido inverso –, mas, sem que se fizesse ostensivo, pairava o recalque entranhado do preconceito. *Morena,* apelido com que Agustín seduzia Dagmar, não era fruto apenas de intimidade e carinho; o chamego – penso aqui comigo – era um eufemismo que indicava – tanto para ela como para a família de Maneco da Farinha – os limites compulsórios da relação: bem longe do altar.

Com o propósito de garantir no mínimo a xepa, Agustín cavou uma vaguinha no time de veteranos do Flamengo, um catado extraoficial que servia de lambuja para ex-jogadores do rubro-negro, alguns deles – como Agustín – insignificantes na história do clube, e todos eles em estado falimentar. De menino, eu vivia com os cueiros puxados pelas mãos resolutas do meu tio a me guiar, naqueles domingos infinitos, pelos descaminhos da periferia carioca para assistir a Agustín jogar, ladeado dos companheiros de artrose. Sem a ilusão da candura infantil, hoje revejo aqueles jogos tingidos de um tom pastel, como um espetáculo que se vislumbra através do roto na lona do circo, os olhos vidrados pela tragédia da existência, a trupe de palhaços tristes vestindo a glória rubro-negra, aparvalhados atrás da pelota, também ela ofegante, a reiterar a tragédia humana.

Como refresco, depois das partidas, a resenha obrigatória em torno do garrafão de cinco litros cingindo a mesa da cozinha lá de casa. O bafo azedo do vinhoto com cigarro acende a saudade de um tempo sorridente, eu e a bola, ziguezagueando em meio às pernas e ao vozerio animado dos adultos. Nessas ocasiões, ao me flagrar imerso no meu próprio Maracanã, Agustín repousava o cigarro, emborcava por microfone um copo diante da boca e, munido do timbre cavernoso dos *speakers* dos anos 60, se punha a narrar minhas peripécias na relva do faz de conta: gollllll...aço (dobrava o ele com a língua fincada no céu da boca) de Flaco, golllll de Brasillll. Eu, cúmplice, aquiescia com a brincadeira, saía socando o ar ao som de "Na cadência do samba (Que bonito é)", que Agustín assobiava com muita afinação.

É a Agustín que devo, inclusive, a minha vocação de cronista esportivo. Se nasci esquerdo no trato com a pelota, cedo descobri que me era lícito ganhar meus tostões escrevendo sobre futebol. Fui influenciado pelas preferências literárias de Agustín, que, devido às inclinações da mãe, desprezava a ironia universal de um Borges ou de um Cortázar em prol das penas dos assim chamados "neo-humanistas" da geração de 1950, com sua problemática realista local e seu tributo, ainda que indireto, a Robert Arlt.

Premido pelo copidesque de Agustín, burilei meu estilo, desde os textos seminais, num beletrismo considerado *assaz demodê*, ao menos desde que a prosa rodrigueana marcou o farol a ser seguido pelos coleguinhas. A reboque de sua inclinação literária, Agustín não se omitiu a dar algum lustro às letras esportivas. Chegou a publicar um livro em edição do autor com crônicas, algumas inéditas e outras publicadas em 1974 no *Jornal dos Sports* por ocasião da Copa da Alemanha. Hoje, não posso negar que, a despeito do vezo pseudointeleca, ele logrou alinhavar uma dúzia de textos de bastante inspiração. Já do meu lado da folha, como resultado da estirpe empolada, minha trajetória não decolou. Não coloco na conta de Agustín meu insucesso, apesar do peso renitente de sua canetada: se não colhi os louros almejados por minha *hubris* juvenil, é devido à prepotência e ao "espírito do tempo", que olhava de través a incursão de um suburbano – com "cor de pobre" e metido à besta – no universo seleto da crônica esportiva. Nas redações, sobrava para um tipo como o meu a quirera da reportagem setorista. Se publiquei algumas linhas além do ordinário, foi por força da resistência e teimosia.

Morto Agustín, a mim, portanto, resta me prostrar diante da tela do computador, onde cintila a página do "Que Fim Levou?", roer o remorso e lamentar a falibilidade de nossa espécie. Releio desolado a meia dúzia de linhas insossas. Serve o relato de legenda para a reprodução de uma foto esgarçada de um jornal argentino. Agustín, com as mãos firmes na cintura, empertigado no grande círculo do recém--inaugurado Estádio Presidente Perón, o campo do Racing, a ostentar o cabelo atopetado pela brilhantina, mal-abalado pelo minuano que devia soprar gelado naquele início de inverno de 1953. Na boca, estampava um leve sorriso a denotar a extrema seriedade pela batalha que o esperava. À guisa de moldura, as arquibancadas do El Cilindro – como os *hinchas* carinhosamente apelidaram a cancha – coalhadas de pontos escuros, milhares de cabeças cobertas por chapéus. O azul-celeste das listras verticais da camisa de mangas longas da Academia desbotado num cinza-claro. Uma foto que me parece ser incidental, a ampliação de uma outra foto mais abrangente cujo aparente objetivo era fazer uma panorâmica do campo de jogo, com os jogadores se aquecendo antes da partida. Tem-se a impressão de que Agustín posa para o fotógrafo, olhos semicerrados. Um facho de claridade ofuscando sua visão emula um daqueles operários bem-fornidos que vibravam nos pôsteres de propaganda do realismo soviético.

Uma foto que insufla um incômodo ar de mistério. Por trás da face confiante de Agustín, paira uma obstinada certeza precoce, uma certeza patente, lustrosa, uma certeza arraigada que, desde um ponto muito remoto no tempo, se formula numa conspiração, numa sina, ainda nebulosa à sua compreensão, mas que o investe de um urgente senso de missão. Posso concordar que é uma leitura tendenciosa. Mas a sensação quase doída de mistério que lateja na aura de Agustín naquele instantâneo, enquadrado pelas arquibancadas do El Cilindro, é a mesma que mediou minha relação com ele durante todos esses anos. Um arrepio intangível de sempre estar um passo atrás, na iminência de receber uma revelação que nunca se revela, um pouco como a palavra que assoma à ponta da língua e que, no momento seguinte, escorrega para as profundezas do oblívio. Qual o segredo que guardava Agustín ainda tão jovem, mas sob o peso do qual se mostrava tão sobranceiro? Ou teria sido esse um incômodo que só diz respeito a mim e às inseguranças que me perseguiram por toda a vida, inseguranças que afastaram de meu cálice o melhor dos vinhos, o reconhecimento profissional, uma esposa e uma prole a perpetuar minha genética? Enfim, as inseguranças de alguém que, por receio de se decepcionar, postergou ao máximo o ato de juntar os retalhos da história da vida de um super-herói que lhe foram chegando às mãos, à medida que a capa esvoaçante, listrada na horizontal de vermelho e preto, começava a desnudar os puídos e os remendos. Diante dessa foto pixelizada na tela do computador, abalado pela morte recente, eu me forço a focalizar apenas a superfície do retrato: a confiança varonil dos 20 anos, a certeza de que a bola lhe é submissa e que, com ela sob os pés, Agustín seria capaz de dobrar o mundo.

Minha infância foi inundada pela presença de um jogador de futebol de carne e osso, e para completar a fábula, um ex-jogador do Flamengo. Verdade que, na época, o halo glamuroso que envolvia os boleiros era menor do que nos dias atuais, das mídias sociais e salários astronômicos. O jogador de bola circulava mais próximo do prosaísmo acessível ao resto dos mortais, dos passeios dominicais com a família num fusca amarelo-ovo e do Chicabon na orla de Copacabana. Nilton Santos, a Enciclopédia, bicampeão mundial, um dos melhores jogadores de todos os tempos, chacoalhava todos os dias num bonde para treinar no Botafogo. No outro polo, ainda pairava um certo estereótipo da marginalidade malandra sobre alguns dos craques bem-sucedidos daquela era pré-Zico e igrejas neopentecostais. Na atitude animosa da "gente de bem", se revelava a manifestação escarrada de um preconceito de origem e, pior, de um racismo desbragado que apenas em poucas ocasiões se disfarçava de aceitação resignada, ainda assim, somente em ambientes adequados aos *nouveaux riches* da bola. Os *habitués* da Le Bateau, a boate coqueluche do início dos anos 70, logo deixaram de estranhar a presença de Paulo César Caju embrulhado em ternos espalhafatosos, sobraçando uma teteia de ocasião.

Pelé e Garrincha, por exemplo, funcionaram como epítomes da classe: os melhores de seu tempo ocuparam um lugar cativo no imaginário desse "racismo bem-comportado" que é o brasileiro e que no final década de 50 foi incorporado no futebol com uma pátina científica pelas mãos da psicologia esportiva. Às vésperas da Copa de 1958, os cartolas conviviam com cagaço enorme de repetirem com aquela geração fabulosa os fracassos de 1954 e, principalmente, o *Maracanazo* de 1950. As seguidas derrotas, até então, pareciam entranhadas como síndrome genética na alma vira-lata (*evoé*, Nelson Rodrigues) do brasileiro. A culpa, apontavam os dirigentes e cronistas, era dos jogadores negros, que apesar de "adaptáveis" padeciam de uma série de *handicaps*: quando no estrangeiro, sofriam de banzo e demonstravam uma incapacidade inata de assumir responsabilidades ou de manter equilíbrio emocional diante de circunstâncias de pressão. Na preparação para a Copa da Suécia, a fim de contornar essa fatalidade, Paulo Machado de Carvalho, o Marechal da Vitória, contratou os serviços do psicólogo João Carvalhaes, que aplicou uma série de testes de personalidade e de inteligência nos jogadores convocados. Como se queria demonstrar, os resultados dos jogadores negros – principalmente de Pelé e Garrincha – se verificaram tenebrosos. Ambos foram tachados de inaptos para disputar a Copa. O primeiro foi considerado infantil; já o diagnóstico do ponta-direita foi ainda pior: marcou 38 pontos num escore máximo de 123.

Ainda hoje, o Rei do Futebol – veja-se a ironia – continua a ser apedrejado pelos dois lados do balcão. Pelé, ou o Edson Arantes do Nascimento, é estigmatizado por sempre ter se curvado diante das conveniências: casou-se em primeiras núpcias com a branquela comportada de sobrenome saxão e – acusa-se – nunca se colocou como porta-voz para denunciar as mazelas do povo negro e os mecanismos institucionais de opressão racista.

Garrincha, por sua vez, se transformou em lenda pela anedota. Seu final miserável de alcoólatra confirmou a teleologia impregnada nas expectativas dos biógrafos: o negro fodido de Pau Grande, deslumbrado e *borderline*, que foi incapaz de se ajustar às normas vigentes, seja no campo, seja na vida. O neto de índios Fulni-ô que, no fim, serviu apenas como um bufão, cujas peripécias futebolísticas foram ofuscadas, na memória comum, pelas anedotas – muitas delas falsas – que degradam sua história: Garrincha, a alegria do povo.

Numa espécie de metonímia disfarçada do universo social brasileiro, a ascensão do jogador negro é permitida apenas nos limites da falácia de nossa democracia racial: ao negro desumanizado se concede apenas a aptidão para dar conta de tarefas que exijam excelência física, força, resistência ou fantasia circense, e a escalada resiste apenas até o despontar do fracasso, quando a "humanidade" agraciada volta a ser rebaixada à condição animal, subalterna e grotesca. Quando ganham, são heróis, quando perdem, tornam a ser cachaceiros e vagabundos. Está aí a morte em vida do goleiro Barbosa que não me deixa mentir.

A teorização do atraso da sociedade e do futebol brasileiros só veio a me interessar à medida que eu perseverava na carreira de jornalista esportivo e, a exemplo do que acontecia com os jogadores negros, topava eu mesmo com os pedregulhos semeados por chefes e editores. Perdi a conta de quantas vezes me foram negadas uma posição de mando ou a titularidade de uma coluna de jornal em troca de um sorriso amarelo, uma coçada de cabeça ou um bem-intencionado *a sua hora vai chegar*.

Durante a minha infância, entretanto, eu vivia sob o signo encantado da inocência, embevecido pela experiência de poder acompanhar, quase no meu quintal, os melhores jogadores do mundo. Para mim, materializar um personagem, que de ordinário só existia fantasiado de rubro-negro (ou de tricolor ou de branco-e-preto) no palco esverdeado e nas figurinhas das balas Seleção, equivalia a dividir um Grapete com o Super-Homem. No meu caso, ainda que a trajetória de Agustín tenha passado quase despercebida para o torcedor carioca, o fato de ele jogar pelo veterano do Flamengo e a sobrevivência de alguns vestígios de sua passagem pelo futebol profissional me propiciavam um belo trunfo nos debates encandecidos que travava com os colegas de primário. No quesito contação de vantagem, era imbatível minha foto ao lado de Dequinha, Índio, Pavão e Rubens (afinal, quem não se lembra do samba de Wilson Batista – "o mais querido tem Rubens, Dequinha e Pavão/ eu já rezei pra São Jorge/ pro Mengo ser campeão" – consagrado na voz de algodão de Carlinhos Vergueiro), retrato tirado nas profundezas da rua Conselheiro Galvão, o acanhado campo do Madureira em que eu fazia as vezes de ponta-esquerda, agachado na formação clássica, com a mão pousada sobre a bola, peito estufado, o décimo segundo jogador daquele escrete carcomido pela idade. Em pé, logo atrás de mim, totêmico, se erguia Agustín Oviedo, ainda mais impávido do que no fragmento de fotografia publicado no *site* "Que Fim Levou?". Os braços cruzados à altura do peito, os cabelos já rarefeitos, o mesmo esgar, firme, sem fazer qualquer concessão à qualidade do prélio ou à categoria do adversário.

É fato que Agustín detestava aqueles amistosos, dos quais tomava parte tão somente pelas aperturas financeiras. Já não apenas os joelhos lancinavam, macerados pela artrose; ele acreditava, piamente, que o futebol era muito sério para ser exposto ao deboche daqueles jogos caça-níquel. Muitos dos seus colegas, me confidenciou, entravam em campo alcoolizados, prestando-se a servir de bobos para uma plateia desinteressada. "*Me envilece la alma, Flaco*", lamentava, já de banho tomado, a bordo da Brasília do meu tio no retorno de um campo qualquer da periferia ou do interior fluminense. Do banco de trás, só o que eu enxergava era sua cabeça tombada no assento, o cocuruto desbastado e a fumaça do cigarro expirada em círculos. O clichê daquela cena espectral reforçava o lirismo bem-escandido das frases de efeito com as quais Agustín definia o futebol. Antecipou, com adágios de próprio punho, a frase lapidada por Arrigo Sacchi ("o futebol é a coisa mais importante dentre as menos importantes") e uma outra, cunhada por Bill Shankly ("o futebol não é uma questão de vida ou morte: é muito mais do que isso"). Quantas vezes não escutei de Agustín, debruçado sobre a mesa, o cigarro se desfazendo no cinzeiro como se estivesse num pôster de Toulouse Lautrec: "*Flaco, el fútbol...*", silenciava em suspense de filósofo para arrematar em seguida o aforismo enquanto mirava o fundo do copo vazio, arroxeado pelo resto de vinho: "*...sigue los desígnios del diablo*".

Agustín se arrastou no veterano até o final de 1969. Fez sua despedida no Raulino de Oliveira, em Volta Redonda, contra um combinado de funcionários da Companhia Siderúrgica Nacional, a imponente CSN. Aos 6 anos, eu não podia mesmo suspeitar de que o jogo fazia parte de uma estratégia da empresa para celebrar o recorde de produção de aço naquele biênio. Algum gênio do marketing teve a ideia de compartilhar extramuros o feito industrial para além dos salamaleques oficiais, do discurso falacioso para o chão de fábrica e das notícias chapa-branca publicadas pelos jornais adesistas.

Naquele final de década, o AI-5 já abocanhava o que restava da esperança, a linha dura arreganhava os dentes e a CSN brilhava como a joia da coroa do milagre econômico. Por que não, portanto, distribuir pão e circo aos trouxas que esperavam sentados o bolo do PIB crescer?

Na minha memória, enturvada pela fumaça da salva de rojões, me vem a imagem dos times perfilados diante da retreta que arremedava o Hino Nacional. O cheiro de pólvora queimada se misturava ao da pipoca fresca que estourava na divisa do alambrado, chamando a atenção daquela meia dúzia de mascotes mirrados, no meio dos quais perambulava minha silhueta magricela, atordoada devido ao barulho. Não consegui escutar, ainda que estivesse ao pé de Agustín durante a execução do hino, as imprecações em alto e bom portunhol que ele, como costumava alardear em várias ocasiões, pleno de um orgulho revolucionário, teria lançado contra as autoridades militares presentes no cerimonial. Só vim a me dar conta da contradição que se desenhou naquele amistoso anos depois. Naquela tarde de domingo, o cenário que se armava diante dos olhos de um garoto de 6 anos era de fábula. Acostumado que eu estava ao improviso da maioria das pelejas, a meus olhos a atmosfera festiva transformou o desenxabido estádio do Voltaço na metonímia de um Fla-Flu no Maracanã. Durante muito tempo, guardei grande afeição por aquele evento. Diante de uma claque eventual de adultos, eu costumava comentar com orgulho as peripécias do jogo de despedida de Agustín, ignorando, na minha ingenuidade infantil, os olhares confrangidos dos que conheciam a história.

Agustín veio a me confidenciar, quando eu já me municiara de algum discernimento para compreender os meandros intrincados da política, a silenciosa escaramuça que se travou nos escaninhos daqueles noventa minutos. Tratou-se de uma alegoria da luta de classes embalada pelos dois escretes. De um lado, os operários da CSN – jovens, viris e bem-nutridos – conscientes da expropriação de sua mais-

-valia e de sua dignidade política pela ideologia da ditadura; de outro, o Clube de Regatas do Flamengo, o *soit disant* time do povo (cujos entusiastas são pejorativamente denominados pelos adversários de "a mulambada"), representando os donos do poder sob as botas da diretoria corrupta e exploradora da siderúrgica e de uma meia dúzia de milicos de média patente. O que, na superfície, parece ser uma contradição em termos, *i.e.* a "mulambada" representar o que existe de mais reacionário na história política do Brasil, no frigir dos ovos, o evento apenas repetia, uma vez mais, uma das mais básicas farsas do lugar-comum, qual seja, a do alto escalão do Flamengo sempre ter lambido os bagos de quem manda sem se importar com o proprietário do cós que segurava o saco a ser lambuzado; saco este que bem podia pertencer a um facínora da cepa de Emílio Garrastazu Médici, rubro-negro só no populismo (o ditador era gremista de coração), useiro e vezeiro em acompanhar os jogos na tribuna do Maracanã com a orelha colada no radinho. A não me desmentir está a covardia de se negarem até hoje a desagravar a memória de Stuart Angel, ex-remador do clube, assassinado pela ditadura em 1971. E o que falar da escrotidão (para manter a metáfora genital) da diretoria atual em oferecer de mão beijada o manto sagrado para que o oligofrênico presidente da República e seu indecoroso ministro da Justiça arrebanhassem uns *likes* com a patuleia? Ambos tronchos em suas camisetas amarfanhadas acenando aos basbaques do alto dos camarotes do Estádio Mané Garrincha, em Brasília, num jogo contra o pobre CSA de Alagoas. O ministro (patético) ainda cometeu a indecência de vestir o uniforme por cima da gravata...

Portanto, o Flamengo se dispor, no auge do regime de chumbo, a servir de *sparring* no *Telecatch* da politicagem pátria não era de se estranhar. O problema é que os velhinhos que representavam a gloriosa tradição da Gávea não foram avisados do rancor que havia engraxado as chuteiras do bravo escrete da CSN. Habituados com a deferência dos adversários, com a equivalente idade provecta dos oponentes, com os jogos de compadre que entretinham contra os combinados locais, naquele fatídico domingo, durante noventa infinitos minutos, sofreram na bola e nas canelas o resultado do ódio de classe.

Aquela era uma das histórias favoritas de Agustín. Ele coloria com paleta dramática a agonia que o acometia a cada trompaço recebido de um zagueiro negro (fazia questão de ressaltar), alto e caneludo; reverberava a dor física com o xingamento obrigatório e a cusparada no limite dos seus pés: seu bosta, seu vendido. Mais do que as marcas da chuteira, Agustín confessava, lhe doeu a marca da traição. Ele contava que por mais que tentasse lhe explicar as circunstâncias de estar ali e, ato contínuo, de hipotecar sua solidariedade à causa dos oprimidos, o beque contradizia a litania com uma ideologia resoluta, retorquindo, a dois centímetros da fuça de Agustín, que palavra de gringo burguês não tinha valor. Do episódio restou, portanto, a explicação posterior das lágrimas que minha memória jura ter flagrado escorrendo pelas bochechas de Agustín quando, após o término da partida, cumprimentava, um por um, aqueles senhores de uniforme cáqui. O choro misturado ao suor que seu orgulho sempre o impediu de confessar.

A cereja do escárnio vestia um militar em especial, cujo fardamento destoava dos demais. Um relance dessa última *accolade* me veio muitas vezes ao longo da vida. É certo que a cada vez calibro o vigor do aperto de mão e a firmeza da mirada que se deu entre Agustín e aquele homem; multiplico os segundos em que os sussurros percorreram o curto caminho, entre o ouvido de um e a boca de outro, até se esfarelaram no indevassável e eterno segredo. Não sei se é um curto-circuito mental, mas posso jurar que, no desfecho do encontro, o militar reverenciou Agustín com uma continência que compeliu El Bólido a se empertigar em posição de sentido. Quem dera ser mera traquinagem pregada pelo menino crédulo no adulto que cresceu desgostoso... Somente anos depois, Agustín deixou escapar que aquele militar era o então major aspirante da aeronáutica argentina Basilio Arturo Ignacio Lami Dozo.

O nome de Lami Dozo veio à tona, despretensioso, em meio a uma conversa trivial sobre quem era melhor, Sócrates ou Zico, logo antes do início do Mundialito do Uruguai de 1980. Foi uma das últimas vezes em que eu e Agustín nos encontramos, quando os fios da convivência já se esgarçavam e minha impaciência juvenil se amplificava na proporção que recrudescia a inconveniência de Agustín, até que a azia da ojeriza envenenasse de vez a nossa relação. Não sei quais sinapses desfizeram a coerência de Agustín, já abalada pelos primeiros sinais da doença, e configuraram nos recônditos de sua cabeça os elementos daquela cena de dez anos antes, o sol a pino, o estádio, as arquibancadas de concreto, o suor insistente, os militares perfilados, o aperto de mão, o cochicho ao pé do ouvido. "*Flaco, el milico argentino era Lami Dozo*." Demorei eu também muitos segundos, perdido em minhas sinapses, para me colocar de mãos dadas com Agustín naquele mesmo cenário, os olhos semicerrados pela claridade fitando o uniforme do Flamengo, o casaco de botões dourados, o quepe, o espadim. "*Lami Dozo, salame!*

Vino a verme jugar. Te dás cuenta?"Tão brusco como nasceu, o tema pereceu na charla dominical por desconversa expressa de Agustín. O fato é que o nome de Lami Dozo passou a latejar no fundo da minha cabeça apenas como uma alcunha sonora e curiosa para, então, despencar no fosso mental das inutilidades. Quase um ano depois, porém, o parafuso da coincidência deu seu giro final: no ramerrão do meu estágio na Radiobrás, em despacho relativo à política argentina, vi cintilar aquele nome recentemente familiar: "O Brigadeiro Basilio Lami Dozo foi nomeado comandante da Força Aérea Argentina". O nome estampado na linha fina de uma notícia burocrática, fruto da diligência diplomática entre os dois governos militares, fez jorrar uma descarga de adrenalina que me derrubou da cadeira, assustando meus colegas de repartição. Lami Dozo, o homem que conduziu a Aeronáutica argentina durante a Guerra das Malvinas e que compôs a terceira junta governamental nos anos de chumbo, que foi indiciado pela participação no sequestro de 239 pessoas, nos interstícios da minha memória, num domingo perdido de 1969, prestou continência para Agustín. Daquela presença surreal faltava explicar que merda um milico argentino estava fazendo ali, em Volta Redonda, perdido num jogo de veteranos. Vim a descobrir mais tarde, por caminhos tortuosos, que Lami Dozo estava no Brasil pagando uma visita técnica à Academia Militar das Agulhas Negras, em Resende, berço de dois Carlos diametralmente opostos, o Lamarca e o Brilhante Ustra, este último, o fetiche-fálico do enrustido presidente da República, ele também mais um veterano a abrilhantar o rol dos *alumni* das Agulhas Negras (e pensar que o energúmeno foi batizado em homenagem a Jair Rosa Pinto, lendário ponta de lança do Vasco, do Palmeiras e da Seleção: para completar o sortilégio, nasceram no mesmo dia, 21 de março, apartados por 34 anos). Pois bem, Lami Dozo, vejam só, fez questão de interromper a missão oficial junto à Aman, a fim de assar os miolos, provavelmente ensardinhado numa kombi queimando óleo, com o único propósito de acompanhar *in loco* seu ídolo dos tempos de Racing.

Me lembro com uma nitidez quase impossível, considerando o lapso temporal daquele episódio, que, no caminho de retorno da batalha de Volta Redonda, meu tio admoestou mais de uma vez minha excitação. A derrota dos veteranos do Flamengo por 4 a 1 não empanou o meu deslumbramento com a pompa da festa da qual eu havia tomado parte quase como protagonista. Sobre as pernas, carregava como se fossem troféus os brindes recebidos da CSN e a placa de Honra ao Mérito com a qual a diretoria da estatal homenageou os craques do Flamengo. Ainda a mantenho exposta na companhia de outros ex-votos de Agustín. Acondicionada num berço de feltro mantido sempre entreaberto, lê-se o dístico indiligentemente sardônico: "A Agustín de Oviedo y Oviedo o agradecimento aos serviços prestados ao país. Volta Redonda, 19 de novembro de 1969".

Depois do malfadado amistoso, com o perdão do lugar-comum, Agustín pendurou as chuteiras, no mesmo dia, mês e ano que Pelé marcou o milésimo gol, uma quarta-feira. Para não dizer que nunca mais chutou uma bola, insistiu sem clemência em me transmitir os arcanos do futebol. Na areia batida da praia do Flamengo, Agustín empregava métodos heterodoxos de treinamento na vã tentativa de incutir alguma habilidade na mecânica destrambelhada de que fui herdeiro. Mesmo diante de minha ruindade proverbial, ele acreditava que seria possível me transformar num jogador nota sete, capaz de realizar com certa eficiência os requisitos básicos do jogo. No início da década de 70, depois da bonança que iluminou o céu mexicano durante o Mundial, uma chuva fina começou a anuviar o horizonte. A partir de então, com raros espasmos – penso na seleção de Telê em 1982 –, o futebol retrocedeu e passou-se a privilegiar a capacidade física em detrimento da técnica intuitiva, como ficou patente na Copa da Alemanha (salvo a magia excepcional da Laranja Mecânica holandesa, a exceção que prova a regra). Não é de se estranhar que um craque do talante de Ademir da Guia tenha esquentado o banco de reservas da Seleção Brasileira durante todo o torneio. Afinal, emparedado pelo *zeitgeist*, o time comandado por Zagalo já seguia os pressupostos táticos e físicos que marcariam época.

Ao rememorar aqueles treinamentos, fico tentado a pensar que Agustín fazia de mim uma espécie de cobaia. Eram exercícios extenuantes, em que a bola não era objeto de diversão. Funcionava como mera variável em meio a outras, com o objetivo de apurar meu jogo. Pelas mãos de Agustín, a bola tomava a forma de um animal selvagem e carnívoro para cuja domesticação eu não possuía os instrumentos necessários. Não por acaso, tamanhos maus-tratos provocaram a fera ao limite da inevitável rebeldia, voltando toda sua fúria contra mim. O traumatismo, consequência do ataque definitivo, ainda está incrustado na ponta do úmero do meu braço esquerdo, que lateja toda vez que a temperatura cai abaixo dos 15°C.

O episódio teve lugar na última de nossas sessões: Agustín colocou uma venda que me cegava completamente e determinou que eu corresse em zigue-zague, guiando com gritos de "esquerda" e "direita" a direção que deviam seguir meus passos. No final do circuito, bradava o comando "chute", ao som do qual eu precisava desferir uma patada, ainda sem enxergar, na tentativa inútil de acertar a pelota, que jazia inerte no mesmíssimo lugar onde ela havia sido previamente colocada. Foram necessárias três dessas corridas serpeadas para que um tropeção num buraco esmigalhasse meu cotovelo. O grito de dor que se seguiu ao estalo do osso trincado parece não ter sensibilizado Agustín. Ele se acocorou ao meu lado, segurou minha cabeça e, me mantendo vendado, sussurrou com voz de sereia algo cujo sentido não fui capaz de decifrar sob a pulsão lisérgica do desespero. Ao recobrar a cena, mesmo apartada por tantos anos, ainda escuto a frase que me assombrou, como se fosse eu o último elo numa brincadeira de telefone sem fio. Tento preencher as lacunas de inteligibilidade daquela sentença mesmo sem querer acreditar na legitimidade do fraseado-matriz que me foi soprado no ouvido. Relutante, reproduzo-a com a voz baixa da vergonha para que meus colegas de brincadeira atestem a correição do resultado. Aí vai: *nunca vi um crioulo grosso desse jeito*.

Rezava para que tivesse fabricado aquelas palavras asquerosas. Ainda no hospital, convalescente da cirurgia, buscava vocábulos cuja pronúncia se confundisse com aquele que supus ter ouvido enquanto me condoía. E tentava colocar cada uma das possibilidades – mesmo as mais distantes – no contexto apropriado da contusão: tentei acomodar palavras de rima mais direta, como *calouro*, *touro*, *couro*, *agouro* e outras de rimas mais raras, como *nulo*, *ridículo*, *funâmbulo*, *homúnculo*. Nenhuma delas me apaziguou. Ainda assim, não posso crer que a frustração de Agustín ao testemunhar em primeira mão a falência de seu método de treinamento tenha motivado a dose de fel que instilou ao pé do meu ouvido, ainda mais porque, nas visitas que me pagou no hospital, ele só me trouxe acalanto e cocada puxa-puxa. Por outro lado, não posso afastar a sensação tão real de sentir, encolhido em posição fetal, coberto de areia, com o queixo em sangue e o braço pendido – a mais vívida personificação da derrota –, a boca de Agustín roçar o meu rosto, o bafo viperino a ecoar o preconceito mais cruento que uma criança de 10 anos pode receber: *crioulo grosso, crioulo grosso, crioulo grosso.*

Fui importunado por essa dúvida até que a lembrança fosse absorvida por outros eventos inerentes à infância. Se algum trauma sobrou, permaneceu oculto sob outras camadas de alegrias e tristezas que se sucederam no decorrer da minha medíocre caminhada. Agustín desistiu de seu projeto de me transformar em um jogador profissional e derivou a paixão pela bola por sendeiros mais realistas. Em vez de impor na prática suas veleidades conceituais, Agustín decidiu – pelo menos é assim que interpreto – mantê-las no campo da especulação teórica. Ele acreditava com fervor religioso que poderia elaborar uma Teoria Geral do Futebol, num âmbito estritamente epistemológico, em que o jogo e suas relações com o mundo (nos planos sociais, políticos, geográficos, históricos, filosóficos e físicos) seriam regidos por leis identificáveis, regulares e, portanto, previsíveis. Essa empreitada, que ganhou corpo durante a observação da Copa de 1974, no limite, levaria Agustín a ser capaz de prever com precisão cirúrgica, ou quase, como se desenrolaria qualquer partida de futebol a partir da coleção de informações das circunstâncias complexas que a cercavam.

Assisti a muitos jogos daquela Copa ao lado de Agustín. Na época, ele escrevia crônicas para o *Jornal dos Sports*. Agustín lustrava sua obsessão com a Teoria Geral do Futebol numa Remington meio emperrada e a dava à luz numa coluna da página quatro do periódico de cor-de-rosa e ginga popular, encimada pela sugestiva retranca "Parolas de Buenos Aires". Não sei quem foi o luminar que escolheu o título, e também paira no limbo da dúvida e do anedotário se o editor misturou propositalmente o italiano das "parolas" com a origem argentina de Agustín a fim de dar à coluna uma pitada internacional ou se, de fato, a barbeiragem foi fruto de reles ignorância.

Quem lhe ajeitou o emprego no jornal foram as boas conexões do empresário da construção civil Fred Rosenberg, que, mais tarde, nos anos 80, tornou-se um folclórico diretor do São Cristóvão de Futebol e Regatas, clube tradicionalíssimo da zona norte do Rio, cuja glória máxima, além do título do campeonato carioca de 1928, foi ter revelado ao mundo, no início dos anos 90, Ronaldo Fenômeno. Fred Rosenberg, ele mesmo um ex-atleta juvenil do Botafogo, adorava a companhia de ex-jogadores. Tanto é que ele e Agustín se aproximaram via um amigo em comum, Agustín Valido, outro ex-jogador argentino, mas de uma geração anterior à do xará Oviedo, que fez muito sucesso no Flamengo dos anos 40.

Quando me iniciei no jornalismo esportivo, recruta do mesmo *Jornal dos Sports*, incumbiram-me da infausta missão de cobrir os times suburbanos do Rio. Fred se transformou numa fonte inesgotável de anedotas e pautas para as minhas incipientes reportagens, com suas ideias mirabolantes de atualização das regras seculares e quase inamovíveis que jazem sob o zelo dos oito velhotes que compõem a International Board; sem deixar de lado, claro, o temperamento mercurial com que conduzia o futebol do São Cristóvão: não foram poucas as vezes que invadiu o campo para acertar as contas com um "juiz venal" que haveria de ter metido a mão no seu São Cri Cri. Fred também pertence às coxias do panteão do futebol brasileiro como o responsável por montar o famoso esquadrão que disputou o Campeonato Carioca de 1983. No elenco, reuniu uma constelação de veteranos de grande estirpe, todos eles já com os bofes de fora, dentre os quais cintilavam os nomões de Rubens Galaxe, Rui Rei, Edu (o do Santos!), Orlando Lelé, Búfalo Gil, Rodrigues Neto, Jayme (do Flamengo), o goleiro Nielsen... A ideia de Fred, bastante revolucionária para a época, era a de montar uma espécie de cooperativa em que parte das receitas arrecadadas pelo clube ficaria com os jogadores. Na prática, a teoria naufragou: o time amealhou um cartel vexatório no certame daquele ano, com dezoito derrotas e quatro empates em 22 jogos, retornando a jato para a segunda divisão em 1984.

O molho da mútua amizade, Agustín e Fred engrossavam em intermináveis partidas de sinuca, travadas sempre nas tardes de sábado numa mesa estrategicamente instalada no escritório do industrial. De soslaio, admiravam em tevê de última geração as pernas roliças das inesquecíveis chacretes – cujos *noms-de-guerre,* cunhados no "bom-tom" daqueles tempos, permanecem impressos na minha memória até hoje. Disfarçadas tão somente pela *lycra* sem-vergonha de um maiô de banho, as partes pudendas de Índia Potira, Lucinha Apache, Maria Bang Bang e, claro, Rita Cadillac eram expostas em *closes* despudorados que não causavam nenhuma espécie no início da década de 70. No intervalo do jogo dos adultos, eu, garoto de tudo, aproveitava para sacar o taco ocioso e, debruçado na beirada da mesa, fazia esmar as bolas pelo tapete verde. Invariavelmente, contava com a companhia de Zica, o filho da faxineira, que, sorrateiro, se insinuava com cara de pidão no lusco-fusco da porta da cozinha implorando para participar da brincadeira. Olhar para Zica era como me mirar num espelho distópico: o decalque de uma criança esculpida à minha semelhança, mas oriundo de um planeta distante. Zica regulava com a minha idade, mas se equilibrava num corpo raquítico e, quando muito, tartamudeava algumas palavras, a cabeça sempre projetada para o chão. Me impressionava sua pele craquelada, tão igual, porém tão diferente da minha. O fato é que se impunha entre nós um abismo de vida: ele era daqueles guris curtidos na chapa do asfalto, chinelo de dedo, arroz sem mistura. Em meio aos bacanas, ele se encolhia da vergonha de exibir os andrajos; eu, de minha parte, criado à base de muito leite com pera, diante da infâmia da miséria confundia os sentimentos. Sem dúvida, me era inoculada uma dose de raiva pela injustiça do mundo, do qual, não fosse o aleatório da fortuna, e por qualquer deslize de meus parentes, também poderia prontamente fazer parte; mas a raiva era adoçada por um certo sadismo em humilhar o outro, tomado pela inveja da sageza que nele me parecia tanta. Zica, moleque mirrado, precisava de um banco para alcançar a mesa. Dos bilhares do morro, incutiu a destreza. Eu, para me mostrar Golias, esforçava-me em prescindir do subterfúgio. Esticado na ponta dos pés, sustentava com esforço a pinta de gente grande. O resultado era mambembe. Diante da pantomima, Agustín, com a *nonchalance* do copázio de boca larga, transbordando de Buchanan's 12 anos, interrompia a tertúlia e se punha a admirar a compenetração profissional com a qual eu enviesava as tacadas. "*Ei, Flaco*", dizia sem terminar de mastigar os amendoins-cavalo que acompanhavam o trago e a pilhéria, "*entrenas bien que vás a ganar del pibe del cajón*".

E tantas vezes escutei esse refrão e tantos foram os meus reveses que transformei Zica no adversário mais renhido da minha infância. Era um menino, jogava sem medo. Zica encarapitado na banqueta, a destreza no taco, as bolas sob seu feitiço. Antecipando, sem saber, o samba de Paulinho da Viola, ele sempre me deixava pelos vinte, sinuca de bico; impiedoso como o eu lírico, com sangue nos olhos, não me dava chance: embocava a preta, a rosa, a preta outra vez – e, sibilando entredentes uma caçoada, trancava mais um joguinho: 112 pontos. E pensar que, no início dos anos 80, reencontrei Zica numa dessas caçapas da vida. Eu, foca do *Jornal dos Sports*; ele, ponta-esquerda reserva do São Cristóvão, levado à Figueira de Mello pela benemerência um pouco assistencialista de Fred, que justificava o gesto ponderando que queria salpicar um pouco de juventude no envelhecido elenco de 1983. Zica (e eu não conseguia esconder alguma satisfação) surrava a bola – não tinha com ela nenhuma intimidade; corria, mas não pensava. Foi uma espécie de predecessor do folclórico Mirandinha, um atacante do Corinthians dos anos 90, que condenou à eternidade o aforismo infame: "Se eu corro, não penso, professor". E Mirandinha corria como uma gazela.

Foi apenas quando a Cosac Naif reeditou a obra do escritor paulista João Antônio, no início dos anos 2000, que vim a descobrir que meu parceirinho de sinuca, o que sempre me deixava com o taco cego a despeito do esmero que eu investia sobre o pano, era, ele também, de forma figurada, rebento do autor de *Malagueta, Perus e Bacanaço*. Muito mais tarde, já quando amaciava nossa reaproximação, cheguei a dar de presente para Agustín uma edição caprichada dos *Contos completos*. Quando terminamos o conto "Meninão do caixote", que li em voz alta, ansioso em disparar nele algum gatilho de afeto daquelas tardes vagabundas à beira da mesa de sinuca, só me restou lamentar, outra vez mais, o fado do Meninão – verti lágrimas em cachoeira como a carpideira mais dedicada chorando a undécima morte da minha inocência: Zica e a mãe, na contraluz da dor esplêndida de um domingo de outubro, deixando o bar e o joguinho de volta para a miséria de seu destino. Ao me ver com os olhos marejados, Agustín entalhou descaso: "*Ô, salame, que tontada...*".

Mas, enfim, durante os jogos do Mundial da Alemanha, munido de uma planilha e de uma calculadora, Agustín coligia dados e entabulava números, que ruminava de si para si numa espécie de transe. De quando em quando, batia na minha perna e comentava uma conclusão que considerava acertada: "*Flaco, mira! Te lo dijo*". No jogo entre Iugoslávia e Zaire, antes mesmo de Bajevic marcar o primeiro gol para os europeus, Agustín conferiu mais uma vez a escalação das equipes, escrevinhou algum garrancho no bloco de notas e pôs-se de pé, como se tentasse enxergar a imagem para além do enquadramento da televisão, sustentou o suspense por mais alguns segundos para só então asseverar com ar professoral: "Flaco, toma nota: 9 a 0". À medida que os gols se sucediam, Agustín mantinha o cenho impassível, como uma esfinge antes de lançar seu veredito. Eu, ao contrário, vibrava como um boneco de posto, torcendo desesperadamente para que aqueles pirulões de canela branca cumprissem a profecia. Quando o mesmo Bajevic, escorando um cruzamento da direita, desferiu o tiro de misericórdia nos Leões do Zaire, no fim do segundo tempo, abri uma boca de espanto embutindo a única pergunta possível: "Como você sabia?". Armado de uma expressão olímpica, Agustín esperou o apito final, garatujou mais uma observação no bloquinho e foi até a cozinha completar de vinho o copo vazio. Entrementes, devo ter sustentado a mesma careta de tonto esperando o CQD, que só podia flertar com o metafísico. De pé, no umbral da sala, Agustín deu-se ao luxo de tascar mais um gole e outra baforada antes de expelir a sentença lapidar. A frase que se seguiu me chegou entrecortada, embaralhada na voz do locutor que anunciava os patrocinadores da emissora. A minha manobra natural deve ter sido a de ter me virado no sofá para tentar afinar o sentido daquele emaranhado inaudível de palavras. Ansiava por um caudal de demonstrações científicas, embasadas nas estatísticas e nos algoritmos que ocuparam Agustín durante os noventa minutos da partida. Não tenho segurança se vi o que acho que vi. Pois, dito assim, de uma maneira crua, sustento que de sua boca emanava um som gutural, mais para o agudo, emendado por uma mímica breve, os dedos da mão direita roçando a barriga; os dedos da mão esquerda, o cocuruto. Apertei os olhos, torci um pouco a boca como quem retorque um "*hein?*". Ele, entretanto, sustentou o olhar esgazeado atravessando inerte minha indagação. Aos 11 anos, não fui capaz de tirar em toda a sua completude uma conclusão sobre aquele gesto. Me lembro que senti imediatamente enroscada entre minha língua e meu palato a famigerada frase do telefone sem fio de um ano antes: *nunca vi um crioulo grosso desse jeito.*

Finalmente, a Holanda, de Cruijff e de Rinus Michels, fez ruir o castelo de cartas sobre o qual se sustentava a Teoria Geral do Futebol *by* Agustín de Oviedo y Oviedo. O futebol total da Laranja Mecânica, contraponto revolucionário ao estilo pragmático que começava a se impor como método universal, desafiou todas as certezas de Agustín. Até o 4 a 0 contra a Argentina, ele ainda mantinha uma centelha de convicção de que a falha não estivesse no seu sistema, já abalado pela razia dos holandeses contra os renhidos uruguaios nos 3 a 0 do jogo da fase de grupos. Agustín queria acreditar que a explicação residisse na lassidão dos *sudacas,* encarnada principalmente por seus compatriotas, contaminados, talvez, por imperativos conspiratórios extracampo. "*Flaco, Flaco, no se puede confiar en los patricios...*", repetia ao assistir, com as mãos espalmadas em posição de oração, àquele *sabbat* estrelado por bruxos de laranja; bruxos que, com o perdão da chulice, empalaram, um atrás do outro, os selecionados da América do Sul com suas vassouras aladas. Na semifinal entre Holanda e Brasil, alguns dias depois, Agustín ansiava pela redenção de sua ciência. Antes do jogo, fumou quase um maço de cigarros e me pediu, sem nenhuma delicadeza, que o deixasse assistir ao prélio sozinho. Anos depois, relendo a coleção de crônicas que escreveu, descobri que o nervosismo excessivo estava atrelado a uma aposta que fizera com o leitorado do *Jornal dos Sports* afirmando, em texto publicado na véspera do encontro, que o time da Holanda jogava "em floreios mimosos", parecendo "gazelas num carrossel"; afirmou ainda que, se o Brasil não "vingasse o sangue latino", desfilaria "vestido de baiana pela avenida Rio Branco".

Desobedecendo ao pedido de Agustín, me meti em posição estratégica, escondido de seu campo de visão, a uma distância razoável do televisor. Com a partida em andamento, fui arriscando encurtar, centímetro a centímetro, o perímetro regulamentar, de sorte a flagrar a reação de Agustín, que, abismado com a humilhação dos brasileiros em Dortmund, estava cagando para minha presença.

A cada ciranda diabólica ensaiada pelos holandeses, conduzidos pela batuta do cramulhão-mor Johan Cruijff, Agustín se ingurgitava no sofá como um molusco assustado a se esconder na própria concha. Quando Luís Pereira, zonzo pelo baile, foi expulso depois do sarrafo criminoso que rachou Neeskens ao meio, Agustín amassou o bloquinho de notas, levantou-se de supetão e, virando-se para mim, disse com uma voz arranhada que não me era familiar: "*Carajo, Flaco... el fútbol... nunca más*".

Agustín fez questão de manter o aparelho desligado pelo resto da Copa. Não se deu o prazer de assistir à Alemanha desagravar em parte seus pressupostos na final do campeonato. Despediu-se dos leitores de sua coluna com um *mea-culpa* ressentido, no qual imputava a responsabilidade pela debacle de sua teoria a aspectos esotéricos. Na semana seguinte, a redação do *Jornal dos Sports* recebeu uma saraivada de missivas ofendendo a quarta geração dos Oviedos. Muito menos por *compliance* profissional do que para desforrar no alheio a frustração com a derrota brasileira, o editor do jornal fez questão de preencher a sessão de cartas com os vitupérios mais assanhados do público leitor.

Por mais que eu tente, não consigo desviar os olhos da foto do "Que Fim Levou?". Me esforço para redesenhar Agustín a partir daquele flagrante. Ultimamente, vinha sendo muito penoso encarar as maldades do tempo desbastando o verniz da soberba que, aos meus olhos, sempre lustrou a figura dele. Vivendo sozinho desde que se separou de Dagmar no final dos anos 70, a sanha manicomial que orientava a política de saúde mental da década seguinte o depositou num asilo em Lins de Vasconcelos. Por diversas vezes, considerei tirá-lo de lá e levá-lo para junto de mim. Seria o troféu derradeiro, a estátua viva que faria reluzir meu altar votivo. Não tive forças, confesso. Quando o vi pela primeira vez no asilo, encurvado num dos bancos de pedra do jardim, com as pernas abertas, um pedaço do saco brotando pelo vão da bermuda troncha, o odor de pepino em conserva, cuspindo com arrogância caroços de tangerina aos pés do enfermeiro que lhe ministrava algum remédio, posterguei até sua morte minha covardia. O máximo de que fui capaz foi tornar minhas visitas frequentes e sistemáticas – dois domingos por mês, eu aparecia com o jornal de esportes e um pote de ambrosia. A cada visita, testemunhava o avanço da demência que, implacável, o deflorava. E, como se fosse uma praga, o veneno da doença se instilava a conta-gotas; a morte à espreita malinando com a carcaça de Agustín até quase a beira de seu centenário.

Juro que quero, ou melhor, preciso retificar o curso sinuoso que fez descarrilar o comboio da credulidade. A morte, ao contrário do dito, não restaura as reputações: é o que descobri, debruçado sobre o corpo de Agustín. Meu receio é que, à medida que o cadáver de Agustín se desfaça em pó e o luto se amaine, mais e mais o manto do tempo e essa odiosa reflexão desfoquem a nitidez desta foto que brilha na tela do meu computador. No fundo, sei que estou condenado a carregar impressa, como último recordo, sua face côncava e opaca que começava a apodrecer no aconchego do caixão.

O Flamengo não se dignou a mandar representante para o velório, não publicou nem uma nota oficial. Agustín foi agraciado por duas coroas de flores: uma mais discreta, assinada pela Aeronáutica da Argentina, e outra, abarrocada, homenagem do Racing. De corpo presente, pouquíssima gente. Meu tio, *in memorian*, na figura de um afilhado distante. Da parte da família, mais ninguém. Compareceram dois colegas do asilo e o diretor, flamenguista fanático, responsável por envolver o féretro com uma bandeira que comprou no camelô.

Posso imaginar o desgosto de Agustín se testemunhasse o próprio velório. Decerto não perderia a pose: o terno modesto, mas de caimento justo, o nó *windsor* da gravata, ataviado por um funcionário caridoso da funerária, alguma gravidade no cabelo que lhe restava, penteado para trás. O sorriso ausente, a expressão indefinível, entre o desprezo e a decepção, mirando com empáfia a audiência reduzida. E depois, aposto, ferraria os olhos nos meus, interlocutores das más horas, o sumidouro preferido de suas decepções. Imputaria a mim a culpa póstuma pelo cerimonial acanhado assim como fez durante a vida inteira ao me responsabilizar, ainda que tacitamente, tanto pelas grandes derrotas de sua vida como por seus pequenos infortúnios. Do fim intempestivo do romance com "*la morena de ojos de miel*", que cansou de esperar um avanço definitivo, ao naufrágio da carreira de cronista, porque não me mostrei um bom assistente, passando por uma miríade de contratempos irrisórios: o bife frito em excesso, a cerveja morna, o dinheiro que minguava. Por falta de outro, encontrou no "*Flaco, que salame que sos*" o bode expiatório que melhor vinha a calhar. O olhar reprovador que pousava por um tempo maior do que o necessário no jovem que eu vim a ser, e os gestos afetivos que se seguiam, numa espécie de balé esquizofrênico, como que para purgar o remorso de aliviar em mim as próprias dores. Até da doença, para a qual lhe faltava explicação, a *mala suerte* que precocemente lhe ofuscava a razão, mas da qual, cruelmente, tinha consciência, fez de mim o tributário. Como não há mal que sempre dure, passada a bruma do enfezamento, o humor recuperava um pouco do viço – a poeira se sacudia e a bola, literalmente, jogava-se pra frente. Nessas ocasiões, me acarinhava o cabelo desgrenhado, me pagava um picolé ou, já adolescente, um chope trincando de gelado e me contava, com panca de fabulista, alguma anedota gaiata de um passado irreal, de quando era ele ainda uma criança em Avellaneda.

Como remédio para o luto, deixo-me levar no fio do tempo inexato e fabrico a minha fantasia – é o futebol a minha Cocanha. Desenho a geometria imprecisa das quatro linhas e a relva, verde, macia, e Agustín, o do Racing, *por supuesto*, carregando a bola pela ponta-direita, perscrutando a alma do lateral adversário, imagino, a fim de lhe farejar a impotência e o medo, a certeza de que o drible se armaria e o desfecho seria desmoralizante. Para, então, recomeçar a leitura arguta do jogo com a ampla visão periférica que só se tem rente à linha lateral: toda a extensão do campo à sua mercê, a mecânica do jogo computada num átimo e recalculada no instante seguinte. O corte em direção à área ou o centro certeiro, na cabeça do centroavante que, se fosse bom, antecipava-se ao lance, fazendo valer a presciência de Agustín. Quantas vezes escutei essa homilia? Agustín a explanar a *rationale* de como ele dominava todas as possibilidades quando estava no auge, "*el inventor de la camiseta siete del Racing*".

Na divagação de uma nostalgia tortuosa, a bola estava entranhada em sua alma, arrepiava seus sonhos. E, pelos circuitos inexplicáveis do afeto, habitava os meus sonhos também.

Tanto assim que Agustín não conseguiu cumprir a promessa de se afastar do futebol, mesmo frustrado pela falência de sua teoria em 1974, ainda mais à medida que a Copa do Mundo da Argentina se aproximava. Já a partir de 1976, ele se colocou a postos para acompanhar os aprontos do governo na organização do campeonato. Política e futebol na cúspide de sua grande *reentrée* a reviver os gloriosos tempos do peronismo apenas encenados com os novos personagens. Se no Brasil a ditadura se distendia a passos de cágado, tocada pela "administração" Geisel, do outro lado da fronteira o horizonte se toldava com o prenúncio da tempestade. Não seria necessário um oráculo a antever que a Argentina se anunciava como o próximo dominó a tombar no tabuleiro geopolítico latino-americano. Às vésperas do golpe, Agustín parecia farejar, como um perdigueiro, que a tomada de poder pelos militares descortinaria um porvir holocáustico. Comiserava-se por Isabelita Perón, por cujo pescoço, exposto ao impiedoso gume de Dâmocles, suspirava sem disfarce. Insistia, como um Nostradamus, na teoria de que o regime na Argentina tomaria um rumo muito mais sangrento do que aquele imposto pelos milicos brasileiros. Justificava o temor com um conjunto de argumentos mal-amanhados, que misturavam a biologia inerente à raça originária dos pampas – hispânica-andaluz-mapuche – com a rudeza da índole argentina, transfigurada pela dieta à base de proteína bovina e pela influência nefasta da imigração judaico-europeia.

E, finalmente, março de 1976 anoiteceu.

Adolescente, eu já conseguia compreender os rudimentos dos arranjos políticos; formava minha consciência crítica do regime e fazia minhas escolhas ideológicas no concerto de dicotomia disponível em plena Guerra Fria. Agustín não se furtava em me incluir na tensa mesa dos adultos que debatiam o futuro incerto do mundo. A mim, parece que El Bólido tecia com frequência os argumentos mais intrincados, construídos quase sempre em forma de parábolas, as quais, muitas vezes, emprestavam exemplos tirados do futebol. Salvo as diatribes mais diretas contra a desigualdade econômica ou contra a influência dos imperialistas gringos, eu não conseguia apreender com precisão suas posições políticas.

Elas imbricavam ambiguidades que transformavam a separação – normalmente tão cristalina – da direita e da esquerda, do bom e do mau, do certo e do errado num arrazoado de conceitos borrados, silogismos complexos, estruturas labirínticas em cujo dédalo se costuravam argumentos emprestados dos cânones de ambos os flancos políticos. Ele se mostrava ávido em mencionar Augusto Comte, citando de cor passagens marcantes de seu pensamento. Dizia-se positivista, repetindo solenemente, a torto e a direito, o adágio cujo trecho orna o dístico da bandeira brasileira: "O amor por princípio, a ordem por base e o progresso por fim". Muitos ruídos do discurso de Agustín faziam jus aos ensinamentos do pai do positivismo, como, por exemplo, a conveniência de se dotar o país de um governo autoritário ou, ao menos, personalista, cujo poder seria investido em um déspota esclarecido. Louvava como modelo de governante o eterno Juan Domingo Perón, a quem jurava devoção cega.

Testemunhei discussões violentas nos encontros de expatriados argentinos quando Agustín, veias saltadas, retrucava com o fígado as ofensas dirigidas ao General. Me lembro de pelo menos duas ocasiões em que os confrontos descambaram para as vias de fato. Numa delas, Agustín plantou um tapaço na cara do *boludo reaça* e, à maneira gauchesca, desafiou o oponente para um duelo.

Nunca soube ao certo a complexa genealogia da veneração de Agustín por Perón. Talvez comungasse do inconsciente coletivo dos compatriotas que se curvaram diante daquele espírito populista e carismático. Pelo que se sabe, Perón não era um aficionado pelo futebol. Usou o esporte como instrumento de afirmação política e de acirramento do sentimento de nacionalidade, a exemplo dos governos autoritários da Itália, da Alemanha e do Brasil de Getúlio Vargas. Mas, a nos fiarmos nos relatos de Agustín, havia algo de íntimo na afeição de Perón por ele; tratava-se de uma relação entretecida nas coxias do cotidiano, curtida, acredito, num paternalismo comezinho, paternalismo de sofá, de mão dupla, e não meramente forjado na bênção ungida de cima do púlpito. Desconfio que o presidente da República nutria um carinho sincero por aquele jogador de futebol, ídolo de um clube fincado num rincão operário do Distrito Federal, Racing de Avellaneda, que num gesto de oportunismo rebatizou seu estádio em homenagem ao caudilho. Na juventude, eu gostava de fantasiar que o líder máximo argentino invejava Agustín; tinha para mim que Perón cobiçava os olhos rútilos, infantis, de um povo galvanizado por El Bólido a verter um amor genuíno, abnegado, sem a obrigação de atravessar o prisma do temor que eternamente paira sobre o pescoço dos poderosos.

Agustín costumava contar as peripécias vividas ao lado de Perón. No auge da carreira de ambos, acompanhava o

General nos comícios e em outros compromissos; transformava a agenda política em causos quase míticos, Agustín e Perón se aventuravam pelos pampas, pela Patagônia ou pelos Andes. Nos momentos de distensão, o vinho tragado à farta, Agustín se vangloriava para os ouvidos moucos dos parcos espectadores, farolando que em muitas dessas ocasiões o populacho preferia festejá-lo ao velho presidente. "*Era yo que benedecia el pueblo, Flaco*".

Até que numa manhã de 1974, às vésperas do jogo entre Brasil e Holanda na Copa da Alemanha, quando cheguei esbaforido para nossa resenha, à porta da casa de Agustín empertigava-se um sujeito distinto, enfatuado com um terno escuro, gravata, cabelo engomado e barba feita; seu olhar era vítreo e apagado. Um homem que eu nunca tinha visto antes, mas cujo semblante me despertou uma sensação bastante familiar. Mirei-o por segundos arrastados organizando os estilhaços daquela figura ao mesmo tempo íntima e desconhecida. No instante em que encaixei a última peça do mosaico – seguido do suspiro fugaz da descoberta –, o homem anunciou com a fala trêmula de consternação: "*Juan Domingo Perón murió esta mañana*". Sinto ainda hoje as pernas tremerem, muito menos pela notícia, que não me comovia diretamente, mas pela identidade daquele homem, denunciada por sua voz. O homem ainda resistiu em manter a fleuma, os músculos da face a meio pau, rijos pela solenidade da ocasião. Aos poucos, a máscara não se sustentou e por debaixo do casulo rachado despontaram as feições do meu Agustín, cuja altivez desmoronou num pranto inédito. Às lágrimas, bateu a porta às minhas fuças e não respondeu mais à campainha ou aos meus insistentes telefonemas. Só recebeu meu tio, outro peronista fanático, para que padecessem juntos a perda do General.

E agora, quarenta e cinco anos depois, é a minha vez de lidar com o passamento de um mito – um mito tão meu; um mito torto, ambivalente, como são os mitos depois que os vermes que devoram seus cadáveres desvelam sua humanidade. Ao contrário dos que choraram Perón, me encontro absolutamente só, corroído pelo sarcasmo do tempo, aturdido pela decrepitude que roeu o viço de Agustín nessas últimas décadas. Me encontro aqui, rodeado pelas lembranças no mausoléu particular que ergui em homenagem à memória de El Bólido, a sopesar na balança dos justos, como se fosse eu o Demiurgo no Dia do Juízo, o valor de sua existência. Agora que ele se foi, o que me legou foi esse Jano refletido no espelho cujas faces multiplicadas me encaram ameaçadoras. Não tenho forças para me desapegar da foto do "Que Fim Levou?", que venho de imprimir numa folha A4. O resultado é rarefeito pela baixa resolução, os traços evanescem, o nariz desapareceu, as órbitas oculares estão vazias, o sorriso esmorecido. Não é esse Agustín que quero guardar para o resto de meus dias. Olho mais uma vez para a imagem no computador: Agustín está lá, impávido; mira o futuro que lhe pertence. Agora me dou conta – que tolice a minha – que não sou eu o Demiurgo. É Agustín, El Bólido, quem me julga na sua balança particular. É ele o Demiurgo.

De menino, fui criado na semiorfandade. O pai, caixeiro ausente, que depois se escafedeu. Deixou na amargura mamãe e a mim como único rebento daquela união cujo novelo era tabu e para o qual, até hoje, não me foi dada explicação. O certo é que mamãe também se foi, levada por uma pneumonia certeira: sete dias do primeiro espirro ao cortejo. Eu? Contava 7 anos. Fui acolhido pela irmã de mamãe. Minha tia se casou com um argentino que era amigo de infância de Agustín. E assim se fecha a quadrilha: Agustín, a figura masculina sempiterna a ciscar como uma galinha no terreiro alguma atenção na casa que o acolheu. Ele, muito mais que meu tio, se avocou da função do pai ausente. Resolveu trazer o Flaco – fadado a se tornar filho-de-vó – para baixo de sua asa. Dizia que faria de mim, ou melhor, ameaçava que faria de mim um homem à maneira portenha. Virou-se menos com tino do que com a promessa. Pensando bem, Agustín não dava para ser pai. Não por falta de zelo. Os conselhos e a autoridade praticava conforme os manuais da época: uma espécie de austeridade e distância controladas. A impressão que tenho, entretanto – hoje mais do que ontem –, é de que faltava uma argamassa que nos unisse, um sopro de instinto, quase metafísico, que me ligasse a Agustín. Por mais que nos esforçássemos, não vim de sua costela, ainda que seja capaz de reconhecer o carinho e o, vá lá, amor que me dedicava no limite de suas possibilidades. E foi, talvez, a paulatina tomada de consciência dessa pitada de artificialidade, como quando se percebe o agadanho de sotaque estrangeiro na superfície lisa do português fluente (o que, definitivamente, não era o seu caso) – até mais do que as desavenças de geração, do que a rudeza no trato, do que a minha empáfia juvenil ou, ainda mais grave, do seu pouco velado preconceito de platino –, que gradativamente cunhou o valo entre nós.

Sinto que Agustín por vezes me usava de troféu, um filho torto brasileiro. Ele costumava me exibir aos outros com uma espécie de soberba, fazendo atentar à plateia incidental como fora bem-sucedido em forjar no meu espírito a educação de escol, "*una fibra porteña*". Desde cedo me embrenhou na iniciação de temas caros a ele. Lançava mão de um calhamaço de paradigmas morais, de conceitos com C maiúsculo, os quais acreditava essenciais a serem seguidos por mim. O receituário moral, professava em forma de parábolas lapidares, destiladas de exemplos mundanos, inspiradas (a exemplo do que fazia quando falava de política) no breviário do futebol. Assim, Agustín se fez um discípulo (desconfio, involuntário) de Albert Camus, que, antes de se opor a Sartre no plano intelectual, costumava jogar no gol na sua Argélia natal. Numa de suas célebres citações, o franco-argelino filosofava que do futebol se extrai o caráter de uma pessoa. Estou de acordo com ele: há, por certo, uma ética do jogo que vem sendo moldada desde que os meninos de Eton, há mais de 150 anos, concordaram em não usar as mãos para empurrar a bola entre três balizas. E não se trata de uma ética exclusiva do futebol profissional. Basta que dois moleques refreguem entre si por uma tampinha amassada para que uma série de regras e acordos imemoriais, essenciais e a-históricos regulem a disputa. Obedecer-lhes ou desprezá-los depende do caráter de cada um.

Foi dessa lei incrustada em pedra que El Bólido aviava sua bula. Para tanto, como parte integrante da formação da minha índole, Agustín me levava para assistir ao futebol. Alternávamos os jogos diletantes – nas várzeas extintas e na areia das praias cariocas – com partidas à vera, valendo três pontos. Nessas últimas, Agustín me ensinava que o olhar devia ser mais aguçado, a fim de desvendar, entre as frestas dos ardis e da falsa nobreza, os verdadeiros atributos dos jogadores. O método mandava que grudássemos o nariz no alambrado ou, se no Maracanã, impunha assistir aos jogos dos primeiros degraus da extinta geral, de onde se tinha uma visão ao rés do chão, num plano parecido ao das filmagens antológicas do Canal 100.

E no final dos anos 60, início dos 70, o futebol do Rio era uma fauna inclassificável. Verdade que não estavam mais em campo os gênios de Garrincha, Didi, Nilton Santos, Jair da Rosa Pinto, toda a geração que jogou no Flamengo nos anos 50, contemporânea de Agustín. Mas uma outra plêiade de jogadores sensacionais divertiam o povo no pão e circo da ditadura: Gerson, Jairzinho, Zico em começo de carreira, Roberto Dinamite, Rivelino e o argentino Doval, no Fluminense, e vários cicerones de maior ou menor gabarito que carreavam um povaréu ao Maracanã e aos acanhados estádios dos arrabaldes numa época em que o futebol se constituía num dos únicos divertimentos genuinamente populares à mão dos danados da terra.

Domingo sim, domingo também, disputávamos eu e Agustín, ombro a ombro, num desafio constante às leis de Newton, o espaço inexistente com geraldinos, chinelo de dedo e calção de timão. De pertinho, seguíamos o encalço dos jogadores, principalmente nas horas mortas do jogo, aquele tempo moroso em que a bola ricocheteia sem norte pelo meio-campo, os zagueiros fincam as mãos na cintura e os atacantes espreitam, como hienas, as sobras do butim. É durante esses instantes intermináveis – que amortecem a atenção da plateia numa hipnose coletiva – que os instintos humanos, demasiadamente humanos, são tentados a aflorar, permitindo imiscuir pelas tramas do campo atitudes e comportamentos inerentes a outro registro, alheio ao esporte e à competição em si. É como se houvesse uma suspensão momentânea das regras desportivas – as regras minuciosamente descritas nos compêndios, de compreensão unívoca, previsíveis, debatidas por especialistas e controladas pelos olhos atentos da arbitragem e pelo escrutínio dos espectadores – a fim de entrar em vigor uma outra série de normas que pertencem a um repertório diferente, uma dimensão malregulada, ambígua, nebulosa; normas que fazem parte, enfim, da instância caótica e imprevisível da própria vida.

Tenho uma noção traiçoeira do episódio. Suspeito ter se dado em 1976, mas pode ter sido em 1977. O fato é que me esforcei muito para dele me esquecer, mas o máximo que logrei foi me autoconceder o benefício da dúvida do fato em si. Minha ideia é que aconteceu no campo do Bangu, num daqueles domingos espichados em que Agustín me levava nas visitas eventuais à família de Dagmar. Era jogo do Flamengo, disso eu tenho certeza, pois com certas coisas o coração não se engana. Me lembro do calor também: um domingo estival sobre o braseiro que se acende no subúrbio. Fecho os olhos e vejo Rondinelli com a braçadeira, puxando a fila, Cantarelli e suas melenas aloiradas; me esforço um pouco, reconheço Caio Cambalhota e, talvez, Jaime; Junior veste a camisa seis, isso é seguro. E Zico fecha a fila, entra com o pé direito no campo, acarinha o gramado, queimado como mandacaru na caatinga, e faz o sinal da cruz.

Sigo com os olhos fechados, a cronologia se acelera. Já se vão os trinta minutos da segunda etapa – o tempo passa, torcida brasileira – e o escore é o que menos importa. O Flamengo goleia – 3 ou 4 a zero – o jogo está decidido, os 22 jogadores se resfolegam como sertanejos no calor de Canudos – *noblesse oblige*, afinal. O sol da moléstia, sem arrego. A bola se embirra pela ponta esquerda do ataque do Flamengo, de lá resiste em sair. Um emaranhado de pernas tenta em vão desfazer o nó da jogada enquanto outra porção de pernas permanece ociosa do lado de cá, na lateral direta, a um cheiro do alambrado contra o qual Agustín e eu apertamos nossos narizes. Zico está lá: a dois passos da linha lateral, os meiões arriados, o semblante esgotado do dever cumprido. Mantém, não obstante, a fleuma da majestade, mesmo a 50°C, mesmo no campo careca em uma periferia qualquer, mesmo com o beque, parrudo, tosco, a vigiar seus passos. O craque, como uma efígie, à contraluz, de esguelha, com as costas levemente viradas em direção ao alambrado, o redondo do zero a reluzir inteiro, o um que compõe o numeral dez, que Pelé transformou no símbolo universal da excelência, se esconde numa dobra da camisa, as mãos apoiadas no quadril, a perna direita semiflexionada. Pensando agora, a pose de Zico funciona como um carbono de Agustín na foto do "Que Fim Levou?": ambos com o mundo sob os pés. É esse retábulo que enxergo na parede de minhas pálpebras quando percebo que Agustín se dirige a mim. Da pergunta que me injeta, só diviso o final: "... *las chicas, Flaco*?". Não sei se foi o enfado do jogo chocho ou se foi a imagem apolínea de Zico que despertou um rasgo de desejo sexualizado, ainda que enrustido, para que Agustín deixasse aflorar o assunto, *o* assunto, imprescindível quando a puberdade desponta, a marcar o rito de passagem na relação pai e filho. "*E las chicas, Flaco*?", repetiu para não deixar dúvidas. Eu, aos 13 ou 14 anos, era um adolescente-padrão, embutido no corpo destrambelhado de quem já passara pelo estirão, mas que ainda guardava traços infantis: a voz fina, o rosto imberbe espetado numa vareta arqueada. As *chicas* de carne e osso com as quais eu convivia na rotina não pertenciam ainda a meu universo de interesses; verdade que as *chicas* idealizadas, expostas nas páginas da *Manchete* ou *Cruzeiro,* e as chacretes de coxas roliças já lubrificavam a palma da minha canhota. Ainda assim, era a bola que dormia aninhada a meu lado, todas as noites, sem se importar com a minha ruindade. "*E las chicas, Flaco*?" era um tema constrangedor, especialmente para mim, pois, àquela altura do campeonato, a marca andrógina que não difere o gênero no coletivo *criança* já não se aplicava mais a mim. A olhos vistos, me tornava um moço e, por desatino, um moço dono de uma timidez de provérbio. A pergunta, regurgitada sem qualquer advertência, me colheu despreparado.

A lembrança me faz apertar ainda mais as pálpebras, que transem de desconforto. Só então percebo que a bola finalmente escapa da arapuca da ponta esquerda e viaja, errática, até perto do Galinho de Quintino. Me viro para Agustín, acredito, munido de um olhar esgazeado, da mais sincera reprovação. Em retorno, recebo um outro, cheio de salacidade, da malícia mais seviciadora que a maldade de um adulto é capaz de engendrar. É um olhar da estirpe do olhar do Stromboli quando ludibria o Pinóquio; do prestidigitador de araque em cima de um picadeiro quando finge tirar do pinto do menino-voluntário um mijo de moedas para o escárnio da plateia. No campo, Zico mata a bola com certo desdém, escora com o braço o beque, a fumegar na sua garupa. O anticlímax é de olé, a torcida pressente. A manobra é ligeira, mas meus olhos cerrados conseguem desacelerar o tempo: numa chaleira bem-executada, Zico se livra do zagueiro com um drible entre as pernas. O trompaço que se segue poderia ter sido bem mais violento. Poderia ter sido tão sórdido como a entrada de Marcio Nunes, que estilhaçou o joelho direito do mesmo Zico e abreviou sua carreira alguns anos mais tarde. O beque, entretanto, se contenta em matar a jogada, brusco – é certo e justificado –, mas com a consciência exata do limite da humilhação provocada pela finta. *Quid pro quo*. Zico no chão, o zagueiro se aproxima dele com gestos domesticados pela ética do jogo profissional. No átimo que dura a jogada, percebo que Agustín sustém a mesma perversidade de antes, esperando uma resposta que não vem. Agustín insiste não mais com palavras. Insinua *o* assunto com o gesto típico de sobrancelhas, a careta lúbrica, coisa de homem, de quem pergunta numa roda de amigos, *E aí, comeu?*. Mas não foi só. Já me preparo para recolher minha vergonha e ceder diante da insistência, rebaixando a mirada para o chão reconhecendo com um sorriso amarelo a insignificante virgindade, quando sinto no meu pinto ainda pueril, ainda mais acabrunhado sob as dobras do púbis, duas apalpadelas. O susto me faz consultar o rosto de Agustín, que permanece indiferente à minha inquietação, atento à cena do campo – o beque estende a mão em reverência a Zico para ajudá-lo a se levantar do gramado. Sem a menor cerimônia, Agustín lança a lição moral do dia: "*Mira, Flaco, que fanchona el defensor...*".

Naquele mesmo ano de 1976 ou início de 1977, a ditadura de Videla grassava, ceifadora como um centroavante oportunista. Os refugiados, fodidos argentinos, perseguidos pelos milicos ensandecidos, aportavam no Brasil, cuja distensão – lenta, gradual e segura – despontava no firmamento. Apesar da Operação Condor, que conectava a rede de descalabro das ditaduras sul-americanas, a fronteira parecia ser, se não um porto seguro, ao menos uma alternativa menos atroz aos esbirros da Junta. Agustín, meu tio e alguns outros compatriotas já enraizados por aqui recebiam de braços abertos os expatriados. Com o fito de atenuar a dor da diáspora, a comunidade organizava uns convescotes regulares em que o mate, o vinho, a carne, o vinho, o futebol e mais o vinho amorteciam os espíritos até a beira da sobriedade, cujos limites, quando atravessados, destampavam a panela da política, dos ânimos exaltados e de uma depressão aguda que acirrava a ressaca do dia seguinte. As notícias contrabandeadas por fora da cortina da censura davam conta do avanço das atrocidades, o que, cada vez mais, esfolava o moral dos que escapuliram. E quanto mais a porca da repressão arrochava o parafuso da resistência, mais tristes se tornavam os encontros e mais a política dominava as sessões.

Até chegar o ano da graça de 1978 e, com ele, o Mundial. Deu para sentir a densidade do ar afinar. Ainda que os espíritos não quisessem se dobrar ao ópio do povo, a ação dos Montoneros, as Mães da Praça de Maio e os desdobramentos da Operação Condor cediam minutagem nos debates incandescentes à esperança de que Menotti chamasse Maradona, então com meros 17 anos, à conveniência de se entregar a tarja de capitão a Passarela e à possibilidade da convocação de jogadores que atuavam no exterior (*jugarán a morir, los pelotudos?*). Pouco a pouco, como a nuvem que se desfaz após a tempestade, o futebol desanuviava – um pouco intimidado – o horizonte daqueles argentinos. Havia ainda certo pudor em dar quilate a assunto de somenos diante da gravidade dos eventos. O velho debate sobre o uso político do esporte também fazia parte da pauta. Muitos coçavam a cabeça, abismados pela contaminação irreparável do governo militar sobre o campo esportivo, recorrendo a exemplos históricos de Hitler e Mussolini ao Brasil, do Brasil Grande, do ame-o ou deixe-o, na Copa de 1970. Vivia-se o conflito entre a razão, que modulava a consciência sobre o papel aviltado que a Copa do Mundo – funcionando como propaganda do governo – representava no abjeto objetivo de edulcorar aos olhos estrangeiros a face homicida do regime; e o afeto, que florescia numa camada anterior ao ódio e à raiva e que tinha a ver com uma felicidade pueril, imune a refreios, uma felicidade que só a bola jogada com os pés pode proporcionar.

Corriam entre os refugiados as histórias que brotaram dos calabouços do Doi-Codi, do Dops, do Cenimar ou da Cisa, dando conta da celebração libertadora, plena de orgulho e de resistência, dos presos políticos brasileiros no exato instante em que a voz lamurienta dos radialistas fazia ecoar pelos corredores dos "porões da ditadura" o gol de Ladislav Petras que abriu o placar para a Tchecoslováquia contra o Brasil no jogo de estreia do Mundial do México, em 1970. No sentido contrário, aliviavam a consciência ao ponderarem que, vinte dias depois, o golaço de Carlos Alberto Torres laxou um certo imperativo de Estocolmo, que passou a reger, no dia da conquista do Tri, a relação ignominiosa entre torturadores e torturados. Não que a cena fosse de Natal nas trincheiras, com a trégua passageira e o congraçamento dos soldados. Mas os argentinos lutavam para se convencer, ao reverberar essa mitologia da história política brasileira, de que, no fim das contas, seria moralmente aceitável conciliar essa aporia sentimental: o amor pela *albiceleste* versus o ódio contra os meganhas.

Outro que recuperou o humor foi Agustín. Não exatamente por falta de bile, pois ele era contumaz em vociferar contra a situação argentina e "*los sicários de la Casa Rosada*". Mas o futebol, ah, o futebol, dava novamente o ar da graça. Sobre o assunto Agustín tagarelava com conhecimento de causa, destilando as filigranas técnicas e táticas da Selección. Afinal, era ele o próprio *expert* em se tratando de futebol local. Me lembro que Agustín envolveu-se até os dentes nos debates sobre qual o treinador mais apropriado para o estilo de jogo argentino. O confronto se estabeleceu entre a ala dos que se encantavam com a cepa fantasista de César Luis Menotti, o Flaco (o original), mesmo que o resultado – vitória ou derrota – ficasse em segundo plano, e aqueles que defendiam a escolha de um técnico mais pragmático, de perfil disciplinador, cuja epítome, na época, era incorporada pelo linha-dura Juan Carlos Lorenzo, o Toto, treinador do San Lorenzo, uma espécie de Carlos Billardo *avant la lettre*. No início dos anos 70, Toto e Flaco se abarbavam numa disputa particular. O primeiro, à frente do time de Almagro, um dos gigantes do país, bicampeão argentino de 1971 e 1972; Menotti, dirigindo o modesto Huracán, que arrebatou o inesperado título nacional em 1973 jogando um futebol dinâmico, ofensivo, idílico.

Agustín demonstrava, ainda que com alguma parcimônia, admiração incondicional por Menotti. Disfarçava sob a couraça de homem gaúcho o fascínio que sentia pelo treinador de porte nobre, elegância italiana, pendor esquerdófilo e madeixas abastadas; afinal, não era de bom-tom um homem declarar seu deslumbre por outro homem, ainda mais entre os portenhos, ainda mais entre os *obreros* de Avellaneda. Não obstante, o coração e a alma de Agustín se inclinavam para a brasa de El Flaco. Agustín não conseguiu esconder o contentamento quando a AFA anunciou Menotti como o comandante da nau argentina rumo ao Eldorado inédito. Num arroubo meio envergonhado e, hoje ouso cochichar, de êxtase homoerotizado, Agustín passou o dia jucundo, a cantar a plenos pulmões a "Marcha Peronista". *"¡Perón, Perón, qué grande sos!/¡Mi general! Cuánto valés!/ Perón, Perón, gran conductor/sos el primer trabajador"*. O refrão que costumava servir de trilha sonora para os momentos mais arrebatadores da vida de Agustín – a Marcha foi a primeira música que aprendi a cantar por inteiro, antes mesmo de decorar o hino do Flamengo – funcionou, naquele contexto, como uma espécie de resistência turrona e remota à ditadura argentina. Naquele momento, talvez El Bólido atribuísse ao ato um outro objetivo para além do mero júbilo. Talvez Agustín reforçasse a força dos acordes – *¡Perón, Perón!* – a fim de descontar a própria condescendência que dispensava à fidalguia com que Menotti azeitava a crina de Videla e de seus aspones durante os infindáveis beija-mãos que precederam o Mundial. Pois nem essa reverência pusilânime fazia com que o mel de Agustín pelo treinador azedasse.

El Bólido acreditava piamente que seria ele próprio a voz a balizar as pautas e reportagens sobre a Copa a ser disputada no país natal, cujos bastidores afirmava conhecer intimamente apesar da distância. Já adolescente, e estudioso de futebol, eu acompanhava Agustín quase diariamente nas visitas ao consulado de Buenos Aires ou à sede das Aerolíneas Argentinas para buscar os jornais da véspera. Compramos também um rádio de ondas curtas no qual escutávamos os noticiários e programas esportivos transmitidos de Buenos Aires, La Plata e Rosário, a tríade das cidades mais importantes, com o intuito de assimilarmos o clima geral do país. Agustín era sistemático no trabalho: num caderno pautado, resenhava tudo o que ouvia numa coluna e na outra rabiscava sua interpretação dos fatos, os não ditos, as informações ocultas nas entrelinhas do tom oficioso com o qual a imprensa tratava os assuntos gerais, dentre os quais, claro, a Copa do Mundo, encoberta que estava a imprensa pela limalha da censura. E com o resultado desse bordado incansável, ele preparava o material com o qual municiaria o público. Entre os amigos, muitas vezes Agustín fazia crer que tinha acesso privilegiado a fontes escusas, de dentro do governo e da AFA, então uma entidade-marionete, manietada pela Junta Militar.

A Agustín, *hélas*, restou o ocaso. De encontro à sua expectativa, a mídia não ressuscitou o velho ex-jogador, cronista, intelectualizado, que espargira suas expertises no *Jornal dos Sports* quatro anos antes. Não foi requisitado nem sequer a conceder uma mísera entrevista para a Rádio Nacional ou para a Panamericana. Ficou debruçado em seus papéis, ruminando o desprezo alheio, ralhando contra a imprensa em geral e contra o público brasileiro, "*oligofrênicos de mierda*". Agustín murchou como uma ameixa seca diante do menoscabo. A loquacidade feneceu; seu maneirismo aquietou. Passou a faltar aos encontros dos conterrâneos e, quando neles comparecia, preferia tartamudear mais para si as caturrices contra Deus e o mundo. No período anterior à Copa, chamava de lado um ou outro compatriota mais chegado e, em voz sussurrada, se punha a confabular "segredos de Estado" de que jurava dispor. Chegou a formular uma tese – com argumentos confusos e coerência entrecortada – de que haveria uma espécie de conspiração em curso, engendrada nas entranhas do governo, com aval da Fifa e da CIA, com o objetivo de dar o título à Argentina em nome de um pretenso concerto anticomunista internacional. A uma semana do início do Mundial, Agustín permaneceu *incomunicado* durante quase cinco dias. Não esclareceu seu paradeiro nem a mim. Boatos (meu tio) insinuavam que tinha viajado à Argentina para resolver assuntos pessoais; outras versões (minha inferência na época) apontavam para uma retirada mais trivial a fim de se distanciar da dor de cotovelo. Existe, claro, outra hipótese que se atrela ao fuxico conspirado pela mídia argentina por ocasião dos "Papeles Cantilo", como foi alcunhado, com alguma dose de troça, o caso dos documentos secretos pertencentes a Alfredo Francisco Cantilo, ex-presidente da Associação de Futebol Argentino (AFA), em 1978. Trata-se de uma história nebulosa e meio sensacionalista que veio à tona recentemente na imprensa local. Segundo relatos, parece que foram encontrados num cofre de Cantilo documentos confidenciais que ligavam Agustín à ditadura militar de Videla. Não se conhecia direito o teor dos papéis, os quais haviam permanecido sob a posse de um dos filhos do ex-dirigente, um advogado nefário que se curvou às ordens dos militares e foi colocado de fantoche à frente da AFA. O filho, por sua vez, sob a justificativa de prezar pela reputação do morto (risos), os manteve ocultos. Circularam algumas conversas com versões discrepantes e fantasiosas, como costuma acontecer com a mitologia política argentina. Alguns rumores davam conta de que Agustín era colaborador, alcaguete, que vigiava os dissidentes argentinos que se refugiaram no Brasil a partir da década de 70.

Essa hipótese, confesso, me esforço para mantê-la soterrada sob os entulhos das dúvidas acumuladas. Por algum tempo, fui capaz de guardá-la sob trancas, longe dos devaneios, cada vez mais frequentes, que pudessem empenar a biografia de Agustín. Mas um mal-estar insistente sempre permanece a desafiar minha força de vontade: um diabinho insiste em assoprar um zumbido que, como a maré, vai e vem, às vezes mais forte, outras mais amenas, a soprar a possibilidade de Agustín ter sido um duas-caras, um X-9, um talarico, um dedo-duro a operar a serviço da ditadura de Videla. E a morte – essa desgraçada –, que devia lhe remitir os pecados e pecadilhos, em vez disso, veio deflagrar em mim essa coceira azucrinante.

Depois de ter sido preterido pela imprensa brasileira, Agustín passou criar nojo do Mundial, atitude que contrastava com meu entusiasmo de adolescente. Era tão somente no obséquio mentiroso que eu conseguia fingir alguma solidariedade com El Bólido; muito rapidamente meu rosto se desfranzia e logo os músculos modelavam a excitação que só uma Copa do Mundo pode provocar num *pibe* de 15 anos. Entretanto, ainda me chateava a ausência de Agustín, que se mantinha resolutamente acabrunhado como uma criança birrenta. Me lembro de que ansiava poder compartilhar com ele meus *insights* e teorias sobre as seleções, as táticas e os jogadores. Provar a meu mestre que eu já era capaz de penetrar os mistérios do jogo, numa arrogância juvenil do pupilo que supera o professor. Além disso, meu lado de torcedor também se ouriçava. Estava esperançoso com a Seleção Brasileira. O time era bom. Contava com alguns jogadores acima da média – Zico, Reinaldo, Cerezo, Nelinho, Leão, Rivellino –, muito mais forte do que em 1974 e, me desculpem os puristas, ainda melhor do que a Seleção do Telê na Copa de 1982. Sobretudo, eu confiava no nosso técnico, escolhido a dedo pela CBD com a missão de disciplinar o ambiente. Eu gostava de Cláudio Coutinho, apesar de seu costado de milico (era capitão do Exército). Coutinho tinha sido um dos preparadores físicos na Copa do México, foi técnico do time olímpico em Montreal-76 e, o cabotinismo obriga, treinava o Flamengo antes de ser chamado para liderar a Seleção depois da queda de Oswaldo Brandão, em 1977. Mais do que tudo, ele apresentava conceitos avançados para a época. Era admirador do futebol total holandês e implantou uma tática de vanguarda, ainda que abusando de um jargão modernoso que já soava ridículo nos anos 70. Termos como ponto-futuro e *overlapping* invadiram botecos e padarias, lastreados numa bossa de ironia popular, muito ao contrário do que se dava nas mesas-redondas estreladas por pseudoespecialistas, que tratavam a novilíngua a pão de ló. Eu, confesso, na cantina da escola, gostava de apimentar meu vocabulário com doses generosas de "coutinhês". À la Agustín, tirava da pasta caderninhos onde desenhava formações táticas e modelos para explicar o jogo de cada equipe. Depois do segundo episódio de chacota de que fui alvo, tranquei meus caderninhos na gaveta da escrivaninha.

Meus colegas e o povão sofredor queriam mais era saber de bola na rede. E o Brasil, nesse quesito, começou mal o Mundial. Dois empates, um com a Suécia e outro com a Espanha, abalaram a confiança do torcedor e, com ela, a minha petulância de *connoisseur*. A vitória magra contra a Áustria classificou o time para o quadrangular que decidiria uma das vagas para a final. Completavam o grupo a perigosa Polônia, do carequinha Lato; o insinuante Peru, de Cubillas; e a Argentina, que havia tropicado na primeira fase e terminou em segundo lugar na sua chave, sendo obrigada a sair de Buenos Aires para jogar a vida em Rosário num confronto épico contra o Brasil.

Na primeira rodada das semifinais, assisti sozinho ao Brasil ganhar do Peru e à Argentina bater a Polônia. O jogo decisivo – o clássico dos clássicos, o duelo de titãs, o celebrado Brasil e Argentina – estava programado para a segunda rodada, a final antecipada, de acordo com o clichê da crônica. Ao vencedor, as batatas: o passaporte quase certo para o Olimpo. Hoje, tornou-se notória a terrível pressão política que havia para que o país-sede triunfasse. Muita movimentação nos bastidores do poder. A prêmio estavam as cabeças de vários militares envolvidos com a organização do certame e com a gerência da seleção argentina. Tudo se desenrolava para o desfecho mais óbvio e previsível, como a história acabou por provar, do título argentino. Mas, como diria Garrincha, naquele momento de tensão, era preciso combinar com os russos. E o futebol, ah, o futebol... é uma eterna caixinha de surpresas.

A bola é traiçoeira com planejamentos, estatísticas e conjecturas prévias. Um morrinho safado destrói a mais bem-elaborada estratégia de jogo. Isso para dizer que os políticos argentinos deviam estar cagando de medo de enfrentar o rival de fronteira. Dentro das quatro linhas, jogador por jogador, os times se equivaliam caso relevássemos o famoso "fator campo": do lado deles, Fillol, Passarela e Mario Kempes eram craques de bola. Do banco, Menotti, El Flaco, regia com maestria o plantel. Jogo em aberto e placar fechado. O zero a zero da "Batalha de Rosário" simbolizou o que foi a peleja: um pega para capar desajuizado entre os 22 marmanjos que se digladiavam menos pela busca do gol e mais pela reputação de quem mostrava os *cojones* mais roxos, como diria um infeliz ex-presidente. Futebol que é bom, não houve. Quer dizer, não houve futebol digno de nota só para os assim chamados idiotas da objetividade – num plágio safado de Nelson Rodrigues – que inundam a imprensa esportiva. Em meio à empáfia do jornalismo que se leva a sério, só mesmo um míope completo como o tio Nelson poderia incorporar a alma do torcedor de verdade, que dá de ombros para os intelectualismos táticos e para o jogo bonito. Em certas partidas, arquibaldos e geraldinos respondem aos chamados invisíveis do jogo de bola, aqueles que não se enxergam a olho nu. Naquele Brasil e Argentina, a massa se lixava para o jogo jogado. Nosso espírito estava irmanado com o da Seleção Canarinho, que não podia afinar para os argentinos, na bola ou na porrada. Cada solada que o Chicão deixava na canela de um inimigo era comemorada com pruridos de um gol de placa. Às vésperas da partida, ainda tentei buscar guarida em Agustín, sequioso para reverberar minhas impressões. Só o que encontrei foi seu silêncio turrão. A fim de compensar a frieza, ao contrário dos jogos anteriores, aos quais assisti em isolamento, preferi me cercar da companhia de alguns amigos do colégio. Foi uma sensação estranha. Não me senti à vontade entre a garotada. Fiquei o tempo todo buscando no vácuo a silhueta ausente de Agustín, com os comentários presos no gogó. No final da partida, apesar da sensação de dever cumprido, como se tivesse sido eu um coprotagonista da carnificina e do empate honroso na casa do rival, calou-me fundo um desalento precoce com o desdém de Agustín.

Percebo agora que sua atitude foi uma espécie de primeira morte. A partir de então, começou a fraquejar o lume que se despejava dele e que fazia iluminar o caminho por onde seguiam meus passos de menino. Até aquele momento, estava cego para a ambiguidade de seus gestos – só registrava o agrado que seguia o safanão. A cada sopapo que recebia de Agustín, como um cachorrinho de madame, voltava de rabo abanando para o conforto do seu afago. O fato é que tenho dificuldade em lidar com essa lanterna que pesa excessivamente na popa do barco da vida. Ela só é capaz de realçar um feixe muito estreito do passado, deixando a maior parte do vivido à sombra, à mercê das maquinações diabólicas da memória. Eu luto – encarnecidamente eu luto – para que sobre nossa despedida – minha e de Agustín – não paire essa membrana brumosa da incerteza. Para retomar a metáfora do juízo final, na balança que me diz respeito, o prato que condena tem uma tara mais pesada do que a do prato que absolve. É por isso que insisto em descansar meus olhos na sua foto de 1953, celebrado pelos *hinchas* do Racing, como o Michelangelo que admira o seu Davi – em busca da benedição. E, à minha maneira, faço as vezes do artista no intuito de dar a Agustín meu sopro vital e redentor. Na imagem que orna a tela do meu computador, aplico um filtro sépia e lhe ofereço um brilho extra, o que realça os detalhes invisíveis no original. Te perdoo, meu Davi?

Mas a memória é insidiosa. Nos envereda por caminhos obscuros, trama contra nossas certezas e nos seduz, mefistofélica, com versões acres das nossas verdades mais doces. Oferece com uma mão o regalo, para arrancá-lo, soturna, com a outra. O Agustín que me devolve o olhar amoroso, com a *virtù* de um cavaleiro romântico, se despedaça em cinzas e fuligens. Posso sentir agora o mesmo calor manso do começo do inverno carioca que esquentava aquela manhã de 22 de junho de 1978. Meus olhos não pregaram nem um minuto durante toda a noite anterior. Sobre o Rio, soprava uma maresia de escândalo. Ou talvez tenha sido minha inocência a se desfazer em pedaços que forjou aquele clima denso da raiva e indignação. Afinal, tratava-se de futebol. Apenas de futebol. A magnitude da afetação deve ter sido eu quem criou, medindo no trajeto da minha casa à de Agustín a repercussão do jogo disputado na fatídica tarde da véspera, na tarde do dia 21 de junho de 1978. Aquele eterno Argentina 6 × Peru 0.

Eu buscava nas esquinas, na aglomeração diante das bancas de jornal, nos balcões de padaria alguma cumplicidade com a revolta que grassava no meu espírito puro e carcomia o resto da minha esperança na redenção humana: peruanos vendidos, venais, filhos da puta. Cederam com juros os quatro gols que a Argentina precisava enfiar-lhes para se classificar depois do 3 a 1 do Brasil contra a Polônia duas horas antes. Decerto, a cidade seguia seu curso, indiferente, ou quase, ao cataclismo da véspera, o pão com manteiga molhado no pingado, a brasa ardendo a ponta dos cigarros, a corveia de todo o dia a ser depositada na conta do patrão. Para mim, o horizonte se resumia ao Brasil fora da final da Copa. A Seleção se tornaria a Campeã Moral do torneio ao vencer a Itália na decisão do terceiro lugar, com um gol mágico de Nelinho. Mas naquela manhã, eu não conseguia suportar perceber o futebol ser tomado em sua dimensão insignificante por meus concidadãos cariocas. Só as manchetes dos periódicos populares, na hipérbole dos negritos, se condoíam com a minha miséria, todas solidárias perante meus olhos injetados de ódio: VERGONHA. Cego de raiva, tudo o que eu enxergava no horizonte era a carantonha de Agustín rindo à larga com o assalto de Rosário. Que filho de uma puta! Ele sabia de toda a farsa. Claro! E estava mancomunado com aquela palhaçada. Em nome da honra do futebol brasileiro e da preservação do meu encantamento com a bola, eu precisava ir à forra contra aquele *boludo de mierda*. Vingar a derrota na mão grande; vingar todo mal que Agustín de Oviedo y Oviedo me fez.

Agustín não me ofereceu café. Folheou, como quem revira o lixo atrás do documento perdido, o calhamaço de notícias que depositei sobre a mesa da cozinha. Decidi não esmorecer no meu pundonor de fixar as pupilas nos seus olhos. Ele desviou-os para a manchete do caderno de cultura do *JB*. Depositou a xícara na pia e foi arrastando os chinelos para fora do cômodo sem se dar ao trabalho de se virar. Ainda tenho para mim que ouvi Agustín soltar um peido antes de bater a porta da casa, atrás do aviso que deu, mais para si. "*Flaco, voy a comprar cigarros...*". E como o marido da anedota, passavam das dez da noite quando ele retornou ao seio do lar. Tropicou no batente, fedor de Dreher, a camisa entreaberta: ele me chegou como quem chega do bar, trouxe um litro de aguardente tão amarga de tragar. Era eu a Teresinha abandonada implorando por uma resposta ausente. De passagem, Agustín afagou os meus cabelos como nunca tinha feito, tentou segurar o meu rosto, mas desistiu diante de minha recusa, desabou no sofá, a cabeça jogada para trás, a voz agarrada na garganta: "*Osvaldo, desculpa tu amigo*".

Osvaldo, Agustín? O que aconteceu com o teu Flaco? Porra, cara, o que você fez comigo? Por que você não me avisou que a Copa estava na gaveta? Que o governo de Videla, em conluio com os peruanos, comprou o filho da puta do Quiroga, argentino do caralho? Quiroga, que tomou seis gols. Seis, Agustín! Por que você não me ensinou que a vida é esse emaranhado de merda que não consigo desfazer? Por quê, Agustín? Por que tanta dor e ressentimento? O que foi feito do Agustín do Racing? Do Agustín de 1953? Do Agustín que encantou o seu querido Juan Perón? Por que você me abandonou? Você sabia que a Copa do Mundo estava comprada? Você sabia que a vida ia me engolir, como te engoliu? Foi por isso que me pediu desculpas depois daquele 6 a 0 asqueroso? Não conseguiu olhar nos meus olhos, encarar a decepção do seu filho torto, do seu "*brasileño más querido*". Quando foi que você desistiu de mim, Agustín? Você sabe que aquele 6 a 0 destruiu a inocência de uma vida. Maldito 21 de junho, maldito jogo de Rosário. Maldito Gorruti, que o diabo o carregue. Quantos gols esse filho da puta entregou para a Argentina? Mais do que o treino malfadado na praia do Flamengo, mais do que o abraço em Lami Dozo, mais do que a bolinada em Moça Bonita. Foi tua ausência no 6 a 0 contra o Peru, o dia que liquidaram a minha inocência. Dói, Agustín. E agora, você morreu, Agustín. E levou para o limbo todos os seus mistérios. Todos os nossos mistérios. Por que você não interveio, porra? Custava me avisar que a vida não era justa, que o 6 a 0 é a regra? Você sabia de tudo. E não impediu o logro, o roubo na mão grande. Os milicos compraram o Peru? Os milicos?! Um gol atrás do outro, um gol atrás do outro. Você vibrou com o 6 a 0? Com a vitória de "*todo el país*", com o sorriso enrustido de Videla? Quantos desaparecidos, Agustín? Quantos conterrâneos seus sucumbiram sob os coturnos dos verdes-olivas? Que merda, Agustín. Me diga: valeu a pena? E você sabia de tudo? Por que você não teve coragem de me encarar? Confessa, Agustín. Ou será que foi por causa da cor da minha pele? Eu, um dos *macaquitos* do Zaire. Somos muito morenos para tua nobreza argentina? Confessa aquilo que você nunca teve coragem de dizer! Ah, Agustín. Mas agora tua voz silenciou. Agora você está morto. E eu guardo o resto da tua vida, toda a tua história vai continuar a viver a meu lado. Eu, Agustín. O teu Flaco. O museu da tua insignificância. Vejo você em 1953. Você no Racing, no El Cilindro. O povo te reverencia. Você, Agustín de Oviedo y Oviedo, senhor do mundo. El Bólido morreu, Agustín. Ele jogou pra caralho. Você.

Meu camarada Garrincha

A arte não enobrece,
ela não torna alguém
"melhor". Mas a arte
exige uma concordância
entre a palavra e a ação, e o
exemplo vivo pode suscitar
a vontade de imitá-lo; não
apenas no domínio artístico,
mas em todos os domínios.

Varlam Chalámov

Soube que você tem nome de passarinho. Garrincha... Será verdade? Deve ser porque você voa em vez de correr. É o que dizem todos que te viram jogar. O capataz do turno da noite, Fiódor Alikhanov, assistiu ao filme da partida em que você humilhou meus compatriotas na Suécia. Foi ele o primeiro que me contou das suas estripolias. Deu até um riso debochado quando lembrou a má sorte do Boris Kuznetsov. Falou que o Boris sofreu como um coitado para te marcar. Depois ainda gargalhou, sem nenhuma compaixão, batendo a mão na coxa, como se recordasse de uma cena engraçada de circo. Também dizem que você tem parte com o diabo. Isso é coisa do Nikita Andrêiev. Ele chegou no comboio da semana passada aqui em Vyatlag. Me fofocou com uma cara de espanto: "Eduard Anatolyevich, estão dizendo que o ponta-direita do Brasil fez pacto com o diabo". Nikita pegou seis anos: Artigo 58-10 do Código Criminal Soviético, atividade contrarrevolucionária. Coitado dele. Vai sofrer. Andrêiev é um dos poucos presos políticos no *lager*. Em Vyatlag, somos criminosos comuns, a maioria. Tem sido assim desde que o Stálin morreu. Nasceu uma nova era, é o que nos querem fazer acreditar. Sei bem... O inverno chega todos os anos depois do outono, a fila do pão continua comprida. E aqui na Rússia o povo segue sendo muito supersticioso, desde os tempos do czar. Eu não compro essa história de pacto com o diabo. O Abdulaev, massagista da seleção, depois de acompanhar o jogo da beiradinha do campo, a um nariz do seu cangote, foi quem espalhou o boato. E boato, Garrincha, se alastra feito tifo. Abdulaev é do Tadjiquistão. Um tadjique acredita em tudo. Se alguém disser que viu o fantasma de Lênin dançando com um urso, é capaz de um tadjique levar a sério. Acho que você nunca viu um tadjique. Um bunda-preta, como se diz por aqui. Eram muçulmanos antes de Outubro. Mas ainda continuam assim: meio burros, meio parvos. "O ponta-direita do Brasil tem parte com o diabo", Abdulaev espalhou; disse que você tem as pernas tortas. As duas pernas curvadas para a direita. Falou que ninguém poderia jogar futebol com um defeito desses. Só se tiver parte com o diabo. Abdulaev contou para a esposa dele, na volta da Suécia. Ela deve ser tadjique também. Aposto que é uma mujique, bronca, bronca. Ficou assustada. A moça frequenta o mesmo *Komsomol* que a esposa de Andrêiev. Tenho certeza de que foi assim que aconteceu: um jogador do Brasil é dado à bruxaria, a esposa de Abdulaev soprou no ouvido da esposa de Andrêiev que, por sua vez, deve ter ido correndo contar para o marido. Você sabe como são essas coisas... E, assim, a história virou lenda. Mal chegou no *lager*, Andrêiev veio tagarelar: "Garrincha, é o nome dele. Parece que é nome de passarinho. E tem parte com o diabo". Foi isso que o Andrêiev me disse. Fico pensando aqui com os meus botões: será que você é tão bom mesmo como dizem? Para tirar a prova, preciso conversar com o Boris Kuznetsov, mas não tenho direito a visitas em Vyatlag. Estou pensando em escrever uma carta para ele: "Camarada Boris, é verdade que o ponta-direita do Brasil é o melhor que você já marcou na vida como andam espalhando?". Se me der na telha, ainda vou acrescentar uma pitada de maldade: "É verdade que ele te fez de gato e sapato?". Posso ver a raiva na cara do Borka ao ler a carta... O Boris é um sujeito sério. Acho que todo lateral-esquerdo é sério como ele. Vai saber por quê. Ainda tenho direito a mandar uma carta este mês. A outra, escrevi para Marina Lebedeva. Você quer saber quem é Marina? Já disse que estou aqui para cumprir uma pena de doze anos? Pois é. É por causa dela que me mandaram para cá. Neste fim de mundo, só o que me resta é imaginar. Fecho os olhos e te vejo como um dragão alado que solta fogo pelas ventas, metade homem, metade raio, a voar pela ponta direita sem se dar conta dos adversários. Garrincha... Que tipo de nome é esse? É mesmo nome de passarinho? Às vezes, me vem à mente um pássaro cantor como o rouxinol; outras, um majestoso como o albatroz ou ainda um beija-flor, quase invisível, flutuando no ar. Ou será que Garrincha é um tipo de coruja? Um pássaro safo e de mau agouro? E me diga: Tuas pernas são mesmo tortas? As duas curvadas para a direita? Devem ser como os lariços que crescem aqui no Norte. Umas árvores valentes, que rompem o chão congelado, e vivem de mendigar um pouco de água e de luz. Dizem por aqui que algumas delas fazem tanta força para crescer que ficam retorcidas de dor. No Torpedo, eu jogava com o Leonid Ostrovskiy, um letão que também tem as pernas curvadas. Mas elas são em forma de arco, como se ele tivesse passado a vida em cima de um cavalo. Ele joga bem. Zagueiro forte, espadaúdo. Leonid foi convocado para jogar a Copa na Suécia. Talvez você tenha até cruzado com ele em campo. Quem sabe até driblado ele, montado no teu capeta... Até onde eu sei, ele não tem parte com o diabo nem nome de passarinho. O diabo... Você conhece o diabo, Garrincha? Eu conheço! Posso garantir que o diabo mora em Vyatlag. É ele quem dá as ordens por aqui. E pensar que já faz um ano que estou no *lager*. Quando estava lá fora, jogava com o número nove. Hoje sou o *zek* Ъ-359. Nem nome tenho mais: me transformaram numa letra e num número. Carrego a identificação na parte de trás da jaqueta do uniforme de interno, igualzinho à minha camisa de jogo. Não é irônico, Garrincha? Sabe, tenho uma saudade terrível da bola. Às vezes, me pego chutando o ar enquanto durmo. Grito também. Passa a bola, paizinho! Estou livre na área, não me enxerga? Sou centroavante, sabe? Tenho faro de artilheiro. Dizem que jogo mais que o Valentin Ivanov. O Valentin é meu companheiro de ataque no Torpedo. Ele também foi para a Suécia. Um craque, Garrincha. Dizem que sou craque também. Sem modéstia, faço muito gol. Muito gol mesmo. Ou fazia... nem sei mais. Acho que me aleijaram para sempre. Me bateram muito quando cheguei aqui. Você não sabe disso, mas fui acusado de fazer mal a uma moça. É, ela mesma... Marina Lebedeva. E parece que os outros *zeks* não gostam de quem é acusado de fazer mal a moças. Ainda mais se ele for jovem, bonito e famoso como eu. Levei uma surra. Passei quatro meses na enfermaria. Ainda manquitolo da perna esquerda. Será que ela está torta como a tua perna? Brincadeira besta, me desculpe. Por que a tua perna entortou, Garrincha? Você nasceu assim? Ou te bateram muito aí no Brasil? Ouvi dizer que o Brasil é a terra da fartura. Que as frutas dão na rua. E que nunca faz frio. Ai, o frio, camarada. O Norte não dá trégua. Com quarenta graus negativos não se respira direito, a saliva congela na boca. Aqui, a primeira coisa que se aprende é abotoar direito as calças para que o ar não encoste na pele nua. Já vi *zek* chorar assombrado pelo fantasma que penetra pelo uniforme em forma de névoa. As mãos endurecem dentro da luva e os pés são uma dor distante, um toco sem vida embrulhado pelos trapos e pela bota fina que nos dão aqui. No inverno, que não termina nunca, os piores dias são aqueles de céu azul, tão azul como a camisa do Dynamo de Moscou. Nesses dias, o frio abocanha... morde como o pastor-alemão dos guardas. Ai, paizinho, como tenho saudade da bola. Ela gosta de mim também. Costumava vir passear nos meus pés. Mesmo que estivesse perambulando no outro lado do campo, a bola dava um jeito de vir me encontrar perto da área. Diziam que era porque eu me posicionava bem. Mas prefiro pensar que é uma história de amor. Você ama a bola também? Amor... Em Vyatlag, o amor não mora no sorriso de uma mulher. É preciso se acostumar com o amor de Vyatlag. Ele está numa porção extra de arenque na sopa, num gole de vodca no inverno, numa meia grossa, em quinze minutos a mais de sono. O amor está em outras partes também. Que ninguém nos ouça, mas um dos *zeks* mais antigos aqui, o Leonid Makeyev, tem a sua Maria. Já faz tempo que não faz questão de esconder. Outro dia, ele deu uma cigarreira toda esculpida na madeira para a Maria dele. Presente de aniversário. No dia seguinte, o Serafim Paramónov desfilava todo contente com seu mimo. O Serafim é a Maria do Makeyev. No *lager*, o que era estranho deixa de ser. O *lager* é um mundo dentro do mundo. Eu continuo gostando muito das moças, sabe? E pensar que foi por causa de uma mulher que me colocaram aqui. *Violado* é o termo que usaram. É isso que diz a sentença da minha condenação: "No dia 25 de maio de 1958, durante o jantar oferecido na *dacha* de Karakhanov, Eduard; Streltsov, Eduard Anatolyevich foi acusado por Lebedeva, Marina de tê-la violado". Uma palavra feia, essa. Repugnante. "O amor deve ser praticado sem afetações, como o ato de beber um copo de água." Aprendemos essa lição durante a vida inteira com os livros da camarada Alexandra Kollontai. Na União Soviética, nos ensinam a conter os excessos românticos. Oferecer uma flor para a mulher amada pode ser malvisto. É considerado um rescaldo do comportamento burguês. Eu tenho 21 anos, Garrincha! Sou um atacante impetuoso. Faltavam quinze dias para nossa viagem para a Suécia. Imediatamente me desligaram da delegação. Durante o julgamento, confessei a ofensa. Disseram que se confessasse poderia jogar a Copa. Mas os filhos da puta me prenderam mesmo assim. Nem a declaração que Marina escreveu, concedendo seu perdão, ajudou na minha causa. Penso muito na Marina, sabe? Ela me pareceu tão meiga, uns olhos assustados, de quem tem uma dor da qual não consegue se livrar. Naquele dia, ela usava um vestido amarelo de algodão, tão singelo: os braços à mostra, o colo rosado. Era primavera, final de maio, um sol que quase não se põe. Na carta que mandei para ela daqui do *lager*, escrevi que a neve derreteu mais cedo este ano e que as roseiras silvestres que crescem perto da cerca se encheram de botões. Mas cá entre nós, Garrincha, é tudo mentira. O degelo atrasou, o frio avançou até meados de junho e as roseiras adoeceram. Contei também que a Estrela, um pastor alemão que acompanha os guardas nas rondas, ganhou oito filhotinhos e que recebi não faz muito tempo uma *uchanka* que minha mãe mandou. Ainda bem, porque o frio grosso está à espreita e minha mãe tricota como ninguém. Não quis incomodar Marina Lebedeva com minha rotina em Vyatlag. Do meu jeito, escrevi que espero do fundo do meu coração um dia poder olhar ela nos olhos e me desculpar do mal que possa lhe ter feito. Você acha que ela vai gostar da carta, Garrincha? A outra carta a que tenho direito, vou escrever para a minha mãezinha. O Borka vai ter que esperar: escrevo pra ele mês que vem. Em Vyatlag o que não me falta é tempo. O tempo é meu companheiro aqui, e é meu inimigo também. Ah, minha mãezinha... Faz um ano. Me colocaram num trem e viajei mais de mil quilômetros, de Moscou até Lesnoi. Lesnoi fica na Sibéria, Garrincha. Aliás, me diga, como são as mulheres brasileiras? São como as russas? Roliças? Magras? Eu tenho boas recordações dos brasileiros. Em 1957, jogamos em Moscou contra um time chamado Bahia. Me lembro bem da camisa branca, do calção azul e de um centroavante forte, elegante, que fez o segundo gol. O jogo foi duro, renhido. Vocês brasileiros ganharam de dois a um. Tomamos uma bronca terrível do nosso técnico no final do jogo. Onde já se viu, perder para um time do Brasil? Antes da Copa, diziam que o Brasil seria presa fácil. País pobre. Com um povo famélico que não tinha sido salvo pela Revolução. Não seriam páreos para uma nação próspera como a nossa. "Vai e morre sem desdouro! Não é em vão a tua morte. O que se constrói sobre o sangue. É uma causa nobre e forte..." Aprendi esse poema na escola primária, Garrincha. Eles ficam grudados como piche na cabeça da gente. Como podíamos perder do Brasil? Temos um arsenal nuclear! O capitalismo faz de vocês infelizes e fracos, não é verdade? Mas eu não me conformava com aquela conversa mole. A cada vez que ouvia que o jogo seria fácil, olhava de lado, coçava o queixo, desconfiado. Sempre me vinha à cabeça o jogo contra o Bahia. Vocês brasileiros correram muito. Jogaram de igual para igual. E olha que o estádio estava lotado. Mais de 80 mil pessoas foram atestar a superioridade do regime comunista-soviético. Saímos com uma mão na frente e outra atrás. Eu sei como são as coisas: no futebol, jogam onze contra onze. No campeonato de 1957, o Torpedo enfiou quatro a um no CSKA. O CSKA, o time do Exército Vermelho. Ninguém esperava. Eu fazia dupla de ataque com Valentin Ivanov. Naquele ano, Valentin e eu fizemos miséria com os zagueiros. Se você visse, Garrincha: Streltsov e Ivanov, sempre juntos, ou como se diz na Rússia, unidos, quebramos até o capacete do inimigo. No fim da temporada, terminamos o campeonato em segundo lugar, atrás do Dynamo de Moscou. Olha: tive um ano tão bom que me chamaram para jogar no Dynamo. É o melhor time que tem por aqui. É o time da KGB. Dizem que é por isso que eles ganham quase todos os anos. Mas você não ouviu isso de mim, Garrincha. Na verdade, eu não acredito nessa conversa. Estão ouvindo: eu não acredito nessa história! O Dynamo recruta os melhores jogadores, porque, afinal, quem não gostaria de jogar no time da polícia política, quer dizer, no melhor time? Me convidaram para jogar lá. Depois das Olimpíadas de Melbourne, Giorgi Shevardnadze me chamou no gabinete dele para conversar. Shevardnadze é o diretor de futebol do Dynamo e, claro, alto funcionário do Ministério do Interior. Mal me sentei, ele me ofereceu por cima da mesa um cesto de palha com seis laranjas. Laranjas graúdas, Garrincha. Ah, camarada, se você soubesse como eu gosto de laranjas... Espero que vocês tenham muitas laranjas no Brasil. Às vezes, no meu aniversário, minha mãe trazia laranjas de surpresa. Ou mexericas. Também gosto de mexerica, mas ainda prefiro as laranjas, redondas, tenras, como uma bola de futebol, não são? E junto com as laranjas, Shevardnadze me ofereceu um copo com uma bebida castanho-claro, da cor do carvalho, e um cigarro bom, de tabaco francês. Não essa merda de Herzegovina

Flor que o Stálin colocava no cachimbo. Devo ter feito uma cara esquisita, porque Shevardnadze se desmanchou numa gargalhada. "Isso é uísque, *bichó*! Nunca tomou?!" Ainda me cochichou, como se houvesse alguém ouvindo atrás da porta, que ele tinha contrabandeado a bebida direto da Geórgia. "Da minha terra!", ele ergueu a voz, poderoso. Era uísque escocês, Garrincha! Nunca tinha chegado nem perto. Sorri envergonhado... fazer o quê? Mas tenho que lhe confessar que me senti o Mólotov com aquele copo largo na mão. Que gostoso que era aquilo, Garrincha. Você já tomou uísque? Recomendo, viu? Shevardnadze brindou ao meu sucesso e me serviu mais uma dose, e uma terceira. Sou resistente pra bebida, mas já estava com as pernas bambas. Diabo, que bebida forte. Forte como vodca. Shevardnadze perguntou, com aquela boca mole de burocrata, se eu estava gostando. Pensei em fazer um chiste, Garrincha, já que a conversa estava descontraída e eu estava meio bêbado. Mas sabe como são as coisas por aqui, né? Cachorro mordido por cobra tem medo de linguiça. Dizem que Andrêiev veio parar em Vyatlag por causa de uma piada sobre Khruschov. Algum alcaguete deu com a língua nos dentes. Vou lhe contar bem baixinho, porque a piada vale a pena. Um dia, Khruschov visitou uma fazenda de porcos e fizeram uma sessão de fotos para o *Pravda*. Na secretaria do jornal, as três legendas que o redator sugeriu para a foto eram: "Camarada Khruschov em meio aos porcos"; "Camarada Khruschov e os porcos"; "Porcos ao redor do Camarada Khruschov". Foram rejeitadas como sendo politicamente ofensivas. Diante do impasse, o editor anunciou a decisão: "Terceiro da esquerda para a direita, Camarada Khruschov". Sempre me cago de rir. Então, Garrincha, se você for contar piadas do

Khruschov aí no Brasil, toma cuidado com os dedos-duros. Principalmente com os georgianos. Como se diz – com muita discrição –, não se deve nunca confiar num georgiano. Depois de me servir mais uma dose, Shevardnadze me perguntou: "Eduard Anatolyevich, você sabe por que te chamei aqui?". Sem me deixar responder, ele emendou, de bate-pronto, com aquela cara larga, uns óculos de aro preto e a papada pendurada no queixo: "Você vai jogar no Dynamo na temporada que vem. Não é uma honra?". É... confesso que tremi, Garrincha. Olhei para baixo, fingindo humildade e gratidão. Respondi, quase engolindo as palavras, que ficava muito orgulhoso do convite e que seria um prazer jogar pelo Dynamo, mas que gostava muito do Torpedo, que meu pai era operário da ZIL e que não achava certo com meus companheiros de time. Você precisava ter visto a cara dele, Garrincha! A boca aberta, aqueles olhinhos caucasianos arregalados. Não acreditava que eu tivesse recusado a ordem dada por um alto quadro do Ministério do Interior. Devolvi o copo vazio para a mesa, peguei rápido o meu cesto de laranja, fiz uma reverência exagerada e saí da sala sem nem olhar pra trás. Depois me contaram que viram Shevardnadze soltar fogo pelas ventas. Até mandou o Kachálin não me convocar mais pra seleção. Pois é. Continuei no Torpedo, jogando no time do bairro onde moro, com os camaradas do meu pai que trabalham na ZIL, o meu querido *bátiuchka,* construindo carros para a grandeza da União Soviética. "Como é vasta minha terra natal/ Onde prosperam campos, rios e florestas/ Não conheço terras como esta/ Em que o cheiro da liberdade é total." É uma linda canção, uma música revolucionária. Meu pai adorava quando a banda tocava essa música nos desfiles de Sete de Novembro. Sabe, na época do Stálin, meu velho era *stakhanovista.* Trabalhava como um burro de carga. Logo depois da Guerra Patriótica, ultrapassava a meta de produção todos os meses. "É para a glória da pátria, Eduard Anatolyevich!" É isso que ele me respondia, com voz brava, sempre que eu reclamava que queria ele perto. Nos últimos tempos, acho que meu pai se desencantou com as coisas. Andava triste, bufando pelos cantos. Mas todos os dias, bate o ponto na ZIL. Arrastando os pés, ao lado de centenas de camaradas operários. Como eu posso sair do Torpedo, Garrincha? E para jogar no time da polícia... Agora me diga, se te convocassem, você iria jogar no time da KGB? Não minta para mim. Sou como um pintassilgo na gaiola. Quem judiaria de uma ave que pia bonito de tristeza? Desembucha, rapaz, como é a vida de passarinho? Livre, brincando com a bola, olhando as moças passarem na rua Gorki. Ah, não me canso de pensar no pobre do Borka correndo atrás das tuas pernas tortas. É sério que em cinco minutos vocês chutaram duas bolas na trave e marcaram um gol? Foi o Fiódor Alikhanov, o capataz, que veio me contar as suas façanhas. "Ei, Eduard Anatolyevich" – ele disse com os olhinhos brilhando –, "assisti no cinema ao jogo contra o Brasil: o ponta-direita deles acabou com o Boris!" Sabe, Garrincha, Alikhanov é um bom capataz. Já foi interno. Às vezes é brabo, mas tem pena dos *zeks.* Ele já sentiu na pele o que é sofrer na mão de um guarda. Pior era o Anatoly Anagi, o encarregado das brigadas que iam para a taiga cortar lenha. O animal era ruim como o Lavrenti Béria... se não fosse ainda pior. Ele tinha prazer em maltratar a gente. Dava no nosso lombo com um chicote de couro grosso. Chamava o chicote de Masha. Canta, Masha! Canta alto, menina! E dava risada. Filho da puta! Teve um dia que deixou de castigo uma brigada inteira. Foi vingança certeira. Para revidar o atrevimento de um dos *zeks* encarregados da limpeza, que sujou de merda de morcego o colchão do Anagi. Então ele aproveitou um dia de inverno, quando a brigada estava voltando do corte de lenha. Eu vi tudinho. De longe, pareciam um time de futebol entrando em campo. Um atrás do outro, disciplinados, sérios, compenetrados. Na entrada do *lager*, se dividiam em fileiras de cinco *zeks*: o ataque, o meio-de--campo e a defesa. Atrás vinha o Anagi, como se fosse o juiz, com o chicote debaixo do braço. Mandou que eles ficassem ajoelhados. Uma turma de vinte e cinco *zeks*. Me lembro do cheiro de serragem no ar; o ruído das serras que ainda estavam ligadas, um pouco mais para longe. E o frio? O lusco-fusco estava azul de tão gelado. Anagi lá, com a AK a tiracolo, bulindo com aqueles homens ajoelhados. Apontava a arma para a cabeça de um e de outro. Fingia que ia atirar. "Isso é para vocês aprenderem a não bulir comigo!" De tempos em tempos, fazia a Masha gritar. Devem ter ficado lá uma meia hora, ajoelhados, com as mãos para trás. Os vinte e cinco *zeks*. Até que baixinho começaram a cantarolar. Primeiro, um ou dois: "E tudo aconteceu há tanto tempo/ Ai, foi pertinho de Rostov/ E foi com a minha namorada, com a minha namorada". E, de repente, todos, em coro. Todos os vinte e cinco *zeks*, como se entoassem o hino da Grande Pátria antes de uma final de Copa do Mundo: "Mas eu era uma bichona naquela época/ Coloquei uma jaqueta roubada/ E vesti as minhas calças". São essas músicas que se cantam por aqui, Garrincha, quando o couro aperta. Ah, era terrível o Anagi. Falavam que tinha sido herói de guerra, que tinha parte com o Ivan Serov. Era protegido no Partido e na KGB. Vai saber... Ele ficou uma fera com a cantoria. Berrou para os *zeks* tirarem o uniforme. O vento que zunia, Garrincha. Meu Deus... devia estar uns trinta graus abaixo de zero. Era final de expediente, a noite já abria a bocona preta. Só as estrelas de testemunha. De repente, um silêncio. O *lager* todo ficou calado, os tratores desligados; as serras elétricas se aquietaram. Os *zeks* ficaram mais duas horas lá, ajoelhados: perderam o jantar. Uma semana depois, mataram o Anatoly Anagi. Bateram tanto nele que o caixão saiu de Vyatlag lacrado. Coitada da mãezinha dele. Por pior que seja o homem, nenhuma mãe merece a dor de não beijar o rosto do filho pela última vez. Mas me conta, Garrincha. É verdade que, em vez de ir para a área, você dava a volta só para driblar o Borka mais uma vez? Queria ouvir essa história da tua boca. Do bico desse passarinho arisco que dizem que você é. Queria poder abraçar meu pai, chupar as laranjas que ganhei do Shevardnadze. Mas estou preso aqui, Garrincha. São doze anos que me esperam. Fico pensando... Será que se eu tivesse aceitado jogar no Dynamo teriam me prendido? O Andrêiev, antes mesmo de me contar a história do seu pacto com o diabo, veio me azucrinar com uma mensagem enviada especialmente pelo Shevardnadze, o diretor do Dynamo de Moscou. O filho da puta fez questão de me espezinhar até aqui dentro. Shevardnadze falou para o Andrêiev: "Andrêiev, quando você chegar em Vyatlag, diz para teu amigo que ele vai mofar lá, para ele aprender a obedecer ordens". Um lixo, Garrincha. A vingança é um prato que se come frio. Não é isso que comentam por aí? Existe um provérbio que circula nos campos da Sibéria com os três mandamentos do detento: não confie, não tema, não peça. Sim, você tem razão. Teve a acusação da Marina Lebedeva. Mas tanta gente desrespeita as mulheres e continua a zanzar por aí. Será que é por isso que me mandaram para cá? Ai, meu paizinho... Por que será que me prenderam, Garrincha? Por que será? E soube pelo capataz Fiódor Alikhanov que Shevardnadze deu ordens expressas para não se apiedarem de mim. Só porque sou um jogador de futebol famoso, centroavante da seleção, poderia ter algum privilégio em Vyatlag. Imagine, Garrincha, se Yashin fosse preso. O Aranha Negra? Imagine se ele fosse um *zek* como eu... Teriam batido nele como me bateram? Me disseram que era um desagravo pelo que fiz com a Marina Lebedeva. Enquanto me batiam, diziam que era para o meu bem. Para eu abaixar a minha crista de galinho garnisé. Rasparam minha cabeça, arrancaram meu topete e me fizeram comer o cabelo. "Não está com fome, *zek* de merda?" Uns anos atrás, fui preso por vandalismo no metrô de Moscou. Arranjei briga com a polícia. Verdade que estávamos fazendo algazarra, um pouco bêbados. Mexendo com os passageiros. Tomei um safanão. "Você sabe com quem está falando, seu lixo?!" Foi o que respondi. E cuspi de lado. Me levaram em cana. Mas me soltaram logo. Em Moscou, eu tinha moral. Alguém gostava de mim na polícia. Devia torcer pro Torpedo. Em Vyatlag, sou um Ivan Ivanovich qualquer. Um zero à esquerda. E aqui não foram os guardas ou os capatazes que me machucaram. Foram os *blatares* que me arrebentaram. Eles são os verdadeiros donos do *lager*. São os presos comuns, os *bytovikí*, criminosos condenados por crimes não políticos. Todos os dias, chegam novos internos. São considerados gente da pior espécie, Garrincha. Mas são todos como nós, ou não? Criminosos condenados pela justiça suprema da União das Repúblicas Socialistas Soviéticas. Eles mandam e desmandam. A nova política do Dudorov não serviu para nada. Os *blatares* continuam a dar as cartas sem se importar para o que dizem os políticos. Eles se dizem *otkaztchik*, se recusam a trabalhar, o Código deles não permite. E sabe o que está escrito no portão de entrada do *lager*? "O trabalho é questão de honra, glória, bravura e heroísmo." Mas o Código... Ah, o Código. É uma grande afronta para o *blátar* ser útil ao Estado. Uns parasitas, uns incorrigíveis, a gente ouve da boca dos capatazes. Imagina só, Garrincha, dizem que Vyatlag não é mais um Gulag, que virou uma Colônia Corretiva de Trabalho. Agora – nos explicam com a cara mais séria do mundo –, a política do Partido é reabilitar o detento para sua reinserção produtiva na sociedade soviética: é a *prevospitanie*. Todo dia a mesma ladainha. Que piada, Garrincha! Faltou só combinar com os *blatares*, principalmente com aqueles que ficaram presos mesmo depois da anistia geral do Béria no final de 1953. Nem bem o cadáver do Bigode esfriou, libertaram um monte de presos. Mas, sabe como é, sempre esquecem a "escória" para trás. Me disseram que destruíram o *lager* na revolta de 1954. Mataram os capatazes e os traidores. Você não tem raiva de traidor também? Qual castigo merecem os prisioneiros que aceitam participar da Seção de Estruturas Internas? Eles usam umas braçadeiras vermelhas e ajudam os guardas a impor a disciplina no *lager*. Não sobrou ninguém. E tem os que foram presos de novo, os recidivistas. Sergei Kuptsov é recidivista. Ele tem ódio dos presos políticos e dos *fráieres*, como eu. Um "otário" que merece apanhar só porque não é ladrão profissional, não faz parte da família, não conhece o Código deles. A regra do *lager* é o *blátar* humilhar o *fráier*, como no futebol, em que o ponta dribla o zagueiro. Quando cheguei em Vyatlag, me avisaram que eu teria escolhido a tarimba errada: a tarimba onde coloquei minhas coisas era a tarimba do Serguei Kuptsov. Das dezenas de tarimbas vazias, eu escolhi logo a tarimba do Kuptsov, veja só que azar o meu... O Kuptsov é uma lenda dentro e fora do *lager*. Foi condenado a passar o resto dos dias na cadeia, acusado de roubar um silo do governo e de matar não sei quantos policiais. Dizem que gosta de estrangular. Tatuou uma suástica no peito! Uma suástica, Garrincha! Tem prazer em ver os olhos do pobre coitado saltarem para fora. "Sai daí, *fráier*, a tarimba é minha!", ele gritou ao me ver. Mas eu era um galinho de briga, tinha acabado de perder meu topete. Não podia deixar roubarem mais um pedaço do meu orgulho. Afinal, sou Eduard Anatolyevich Streltsov, centroavante da Seleção Soviética de futebol! Não abaixei a cabeça. Encarei o Kuptsov do mesmo jeito que encarava um zagueirinho do Dynamo. Fazia um dia que tinha chegado em Vyatlag. Um *fráier* bocó. E como se fosse eu o tigre, mantive meu olho no olho dele – olho no olho. Só deu tempo de reparar na risadinha de Kuptsov e o não que ele fazia com a cabeça, coroada com seu penteado típico dos *blatares*, sem acreditar na minha insolência. Hoje sei que foi uma armação a mando do Shevardnadze. Tenho certeza. "Abaixa a crista, *fráier*. Abaixa a crista, seu filho da puta!" Foi quando ouvi o estalo na perna, um graveto que quebra sob a pata do cavalo. "O homem é o mais terrível dos animais", é o que diz o ditado *blátar*. Só me restou fechar os olhos, apertar bastante as pálpebras. Me vi sentado na cozinha do nosso *kommunalka* em Moscou. Minha mãe servindo o *pirojki* de batata e o *kholodiets* de carne de porco. O chá fervia no samovar. Senti o cheiro do tabaco ruim, búlgaro, e ouvi a voz do meu pai recitando Óssip Mandelstam: "Este meu corpo, que alguém me deu/ Que fazer dele, tão um, tão meu?/ Respirar, este quieto prazer/ – Digam-me – a quem devo agradecer?/ Sou o jardineiro ou só flor que fana?/ Não estou só na prisão humana". Eu devia ter uns 8 ou 9 anos. Foi logo depois da Guerra. Se nós derrotamos os nazistas, quem poderia nos deter? "Crânios humanos somem pilha a pilha/ onde, invisível, mínguo na distância,/ mas num bom livro e em jogos de criança/ direi, ressuscitando, que o sol brilha". Mandelstam era o grito silencioso do meu pai contra Stálin. Que aconchego... No calor abafado do nosso apartamento, a felicidade até machucava... até que a dor foi latejando devagar, meu pai e minha mãe desapareceram e o cheiro do *pirojki* se encheu do fedor rançoso do sangue. "Você acha que tem privilégio aqui, seu *zoika,* seu pederasta?! Aqui você é um Ivan Ivanovich como os outros!" É o que gritavam enquanto chutavam as minhas pernas. "Seu *fráier* otário", essa tarimba é do Kuptsov. E eles riam. Riam. E gargalhavam. Fiquei quatro meses na enfermaria depois da surra que levei. Me bateram mais do que os zagueiros do Dynamo de Tbilisi! E olha que os georgianos têm muita raiva dos moscovitas. Na União Soviética somos irmãos apenas no hino. "Glória à nossa Pátria livre/ Sólido esteio da amizade dos povos!/ O Partido de Lênin, Força popular/ Nos conduz ao triunfo do comunismo." Me sinto fraco, Garrincha. Acho que não conseguiria nem cobrar um pênalti. Para piorar, passei quase um mês na solitária. Saí de lá anteontem. Nem me acostumei com a luz do sol. Fiz uma cagada, sabe? Perdi a cabeça e desrespeitei um capataz. Ele é novo aqui. Chegou com fama de bravo, impondo respeito. Deve torcer pelo CSKA. Mal me viu já me mandou limpar o banheiro dos oficiais. Xinguei baixinho. Ele escutou. Me xingou: "Viadinho!". Cuspi no chão, com despeito, como se ele fosse um juiz safado que não marcou um pênalti claro. A saliva grossa, estalada perto dos pés do capataz. É assim que te reeducam em Vyatlag, Garrincha. Te deixam sozinho, com a ração reduzida. Uma fome retorcida que murcha a barriga, atrofia as pernas. A solitária aqui é pior que nos tempos do Stálin, eu ouvi numa conversa dos *zeks* mais veteranos. Como se fosse possível... O mingau que te dão é ralo. Na solitária, é preciso fazer render o rango, recolher as migalhas, economizar o pão duro. A sopa... A colher passeia devagar pela beirada da tigela, recolhe os farelos de arenque que boiam no líquido cor de sujeira. O movimento é macio, sem pressa. E, na boca, costumo deixar a sopa se dissolver na língua, escorrendo pelas bochechas. A colher volta para a tigela e recomeça o caminho, encostando de leve no metal. Aí eu imagino que estou na entrada da grande área, o zagueiro na minha frente, a colher ameaça sair para a direita, mas interrompe o percurso e vai pela esquerda, se livra do marcador e, de frente para o goleiro, toco por cima, a sopa a caminho da boca, fria, quase gelada. Golaço. E quando a colher não tem mais o que raspar, limpo os restos invisíveis com a língua cuidando para deixar o ferro lustroso como um espelho, minha imagem distorcida no fundo amassado da tigela. Todo dia me olhava só para tentar não me esquecer de quem eu sou: Eduard Anatolyevich Streltsov, jogador de futebol, centroavante do Torpedo de Moscou e da Seleção da União das Repúblicas Socialistas Soviéticas. Mas é difícil, Garrincha. A fome não alivia. Ela é como um zagueiro impertinente que fica cutucando seu tornozelo o jogo inteiro. Você não se esquece dela. É pior que perder um gol feito: o vazio que não te abandona nunca. Mas pior que a fome é a desesperança. Faz menos de uma semana que Volodymyr Savchenko não acordou. Ele dormia na tarimba debaixo da minha. Tenho certeza de que ele se deixou morrer de tristeza. Não sabia como ir dessa para a melhor, então decidiu parar de comer. Estava em Vyatlag havia uns onze anos. Era um irmão ucraniano, veterano da Guerra Patriótica. Lutou contra os nazistas em Stalingrado. Ele me contava histórias das batalhas. Disse que no fim da Guerra, quando entraram na Alemanha, matavam uns meninos na ponta da baioneta. Olhava para mim e chorava: "Não tinham 14 anos, Eduard Anatolyevich". Um herói, Garrincha. Foi capturado pelos nazistas, escapou e voltou para o *front*. Acredita? No lugar dele, eu teria pedido dispensa. Sabe o que mais? Savchenko admirava o Stálin, tinha verdadeiro amor por ele. Falava com tristeza de sua morte e da falta que ele vai fazer para os brios do espírito soviético. Você acredita, Garrincha? Carinho pelo Stálin... E sabe por que ele foi preso? Porque tinha sido um prisioneiro de guerra dos alemães. O governo não acreditava que alguém pudesse escapar sem fazer um acordo com os nazistas. Consideravam Savchenko um traidor. E trancaram ele em Vyatlag: onze anos, Garrincha. Acho que esqueceram ele aqui, coitado. Um "contrarrevolucionário". Ele tinha sobrevivido ao *holodomor* dos anos 30 na Ucrânia e preferiu morrer de fome aqui. Na véspera, me deu toda sua provisão de tabaco. Quando pegaram o colchão dele para desinfetar, os guardas acharam o estoque de uma semana de pão moqueado num buraco no forro. Passou uma semana sem pão, só bebendo água. Me contaram que o Savchenko bebeu muita água para apressar o suicídio – hidropisia. Veja você, Garrincha, morreu de fome e de tanto beber água. Podia ter se enforcado, mas talvez achasse indigno. Era preciso obstinar até o fim. Perseverar pela glória da Pátria até na escolha do jeito de morrer.

Fico me perguntando por que raios ele guardou o pão? Acho que ele ficou com medo de morrer em pecado, profanar o corpo de Cristo, jogar fora o pão. Ele costumava rezar muito, o Savchenko. Logo antes de morrer, quando a razão já tinha escapado, passava o dia a recitar a Bíblia. Lucas, catorze, versículo dois, me lembro bem: "À frente dele estava um homem doente, hidrópico. Então, Jesus, dirigindo-se aos intérpretes e aos fariseus, perguntou-lhes: É ou não é lícito curar no sábado?". E pensar que quando ganhamos a medalha de ouro nas Olimpíadas de Melbourne fomos recebidos com um festim no Kremlin. Toda a cúpula do Politburo estava lá. Ofereceram um banquete para os heróis de 1956. Mas não tínhamos escolha: era ganhar ou ganhar; ainda mais depois de perder da Iugoslávia nos Jogos de Helsinque. Dizem que o Bigode espumava pela boca com a nossa derrota. Queria mandar o time inteiro para as minas de Kolimá. Na Austrália, jogamos pela redenção. Vocês também foram recebidos como heróis por terem vencido a Copa na Suécia? Ah, meu paizinho, nunca vi tanta comida. Se eu soubesse que seria preso, tinha comido o dobro naquele banquete. Mas eu mereci aquela festa toda, Garrincha. Posso apostar que contra a Bulgária joguei mais que você contra a gente. Naquele jogo, eu também estava com o diabo no corpo. Semifinal. Éramos os favoritos. Tínhamos obrigação de vencer. Ainda mais porque muitos países boicotaram as Olimpíadas por causa do problema em Budapeste. Solidariedade com os húngaros. É a política, Garrincha. Dizem que os húngaros queriam se rebelar contra o governo, rejeitar a orientação do Partido. Nossos rapazes foram chamados, em nome da salvaguarda do socialismo e da justiça social, para ajudar os irmãos húngaros. Tudo em prol da liberdade. Liberdade,

Garrincha... Liberdade... Em Vyatlag, liberdade é conseguir pegar a sopa mais grossa que fica no fundo do caldeirão ou passar um dia sem apanhar um cascudo dos guardas. Mas e do lado de fora das cercas do *lager*? Na URSS, todos os olhos te vigiam. Será que vale a pena? Para mim, Garrincha, a liberdade é correr pela ponta direita e ver no olho do zagueiro o pânico de ter que me enfrentar. Contra a Bulgária, nas Olimpíadas, eu fui considerado um herói. No tempo normal, zero a zero. Para piorar as coisas, tomamos um gol no comecinho da prorrogação. Bateu desespero no time, Garrincha. Já imaginavam a vergonha que seria a eliminação num torneio esvaziado como aquele, com o mundo inteiro fazendo chacota. Se a gente perdesse, seria um deus nos acuda na volta. O Igor Netto, o Yashin, os mais experientes, tremiam na base. Dava para ver o terror estampado na cara deles. E como desgraça pouca é bobagem, o Tyschenko e o Ivanov tinham se machucado durante a partida. O Tyschenko caiu de mau jeito e quebrou a clavícula. O Ivanov estourou o joelho. A gente estava jogando com nove. Os dois fazendo número, um em cada ponta. Faltando oito minutos para acabar o jogo, eu recebi a bola na entrada da área, driblei o marcador e mandei no ângulo direito. Que golaço, Garrincha! Peguei a bola debaixo do braço e chamei todo mundo nos brios. Logo eu, o mais jovem do time. E, adivinha? No último minuto, recebi na ponta direita, esperei o Boris Tatushin entrar na área como elemento surpresa e, de calcanhar, coloquei ele na cara do gol. O Boris só teve o trabalho de desviar a bola. Ganhamos, Garrincha. Ganhamos! Ah, camarada, te digo, a minha alegria mora num passe de calcanhar... Eu gosto muito de usar o calcanhar. Sou alto e magro. É mais fácil para mim tocar para trás do que girar o corpo. Tenho esse instinto de perceber o que se passa fora do meu campo de visão. Se a tua mágica é o drible, a minha é enxergar o que ninguém vê. Na final, jogamos contra a Iugoslávia. Mas o cornudo do técnico, o filho da puta do Kachalin, me tirou do time titular. Disse que queria montar um ataque com jogadores que já jogavam juntos nos times de origem. Como o Ivanov, meu companheiro de Torpedo, se machucou, Kachalin me sacou para colocar o Nikita Simonyan, que fazia dupla com o Anatoli Iliyn, o substituto do Ivanov, no Spartak Moscou. Resultado: assisti à nossa vitória do banco de reservas. Um a zero, gol do Anatoli, no comecinho do segundo tempo. Eu não recebi a medalha de ouro. Só entregavam medalhas para os titulares. Então, o Nikita Simonyan quis me dar a dele. Mas sou turrão. Fechei a cara e recusei. Disse que ainda ganharia muitos títulos, que ele poderia enfiar a medalha no rabo. Se eu soubesse, camarada. Se apenas eu soubesse... Mas como eu podia prever o futuro? Não sou um *stárietz* milagreiro. E no socialismo, ninguém mais está autorizado a acreditar nessas bobagens supersticiosas. Nem em Deus nos permitem acreditar. Para o *zek*, o futuro não existe. Vou ficar mais onze anos aqui. Onze anos! Para mim, o futuro é como uma moça, uma *króchka* linda que fica cada vez mais longe quanto mais você se aproxima dela. Sabia que *króchka* também significa migalha de pão? O futuro é uma tigela de *borsch* preparado pelo meu amado *bátiuchka*. O cheiro ácido da beterraba e do vinagre, com sorte um naco gorduroso de músculo e uns croquetes. Na receita do meu pai vai bastante alho. O futuro em Vyatlag mora no Oeste, onde o sol vai se pôr no fim do dia. É essa a esperança do *zek*. O cheiro da liberdade é o do orvalho, quando a noite se aproxima no final da primavera: um dia a menos. Mas até o sol parece não ter pena do *zek*. Semana passada, quando estávamos na oficina, o Karim Griékov, um mecânico que está preso em Vyatlag acusado de matar a mulher e a filha, olhou para o horizonte inflamado, aquela bola alaranjada, e me disse: "Repara, Eduard Anatolyevich, como esse filho da puta se move devagar. Está caçoando da nossa sina". E, de fato, o desgraçado do sol demorou quase meio dia para atravessar o último quadrante do céu. "Todos os dias, a mesma merda, Eduard Anatolyevich" – o Karim me falou, balançando a cabeça –, "cada vez mais devagar." Gosto do Karim, Garrincha. Ele me trata bem. Está me ensinando a consertar motores. O pior é que não sou bom com as mãos. Sou jogador de bola. Nosso negócio está nos pés, certo, camarada? Mas o Karim tem paciência comigo. Não posso acreditar que ele tenha cometido um crime tão horroroso. Presta atenção, Eduard Anatolyevich, a biela é delicada, se apertar forte, quebra. Nunca perguntei sobre o passado dele. Mas acho que ele tem os olhos ardidos do remorso. Pelo menos, é nisso que quero acreditar. Dizem que, depois de estrangular a mulher e a filha, o Karim cortou-as em picadinho e colocou os restos num barril de salmoura para conservar os corpos. Ele chegou em Vyatlag logo depois da Guerra, ainda na época do Stálin, trabalhou nas lavras de ferro de Magadan, perdeu dois dedos da mão para o frio. Será que foi castigo? Para vingar o assassinato? Afinal, são as mesmas mãos que teriam matado a família. E, ainda assim, o danado é o *zek* mais hábil de Vyatlag com as ferramentas. Fico pensando se é possível tanta maldade. Ele é sempre tão manso, apertando os parafusos com capricho. Fala baixo, não se mete em confusão. É... eu gosto do Karim, Garrincha, o que posso fazer? Ele me deu um pedaço graúdo da marmelada que recebeu da mãe. E a mãe da gente perdoa tudo... Mesmo assim, não me dou bem na oficina. O que eu queria mesmo era trabalhar na padaria do *lager*, cortar o pão recém--assado. Ah, que ilusão. Em Vyatlag, sou peixe pequeno. A padaria é o céu desse nosso inferno. Para chegar lá, teria que passar por cima de muita gente, fazer conchavos, quem sabe até matar alguém, mais ou menos como faz um político para chegar ao topo do Politburo. Não é o meu caso, Garrincha. Sou um *fráier* de bosta, fazer o quê? Me contento com a oficina, onde sei que sou um inútil para o Estado. Não ajudo a cumprir a cota. Sou lerdo e preguiçoso, fazem questão de me lembrar a toda hora. "Você, Eduard Anatolyevich, não é um *rabotiaga*. Você não passa de um vagabundo. Um jogador de bola vagabundo." Vai ser reabilitado – me dizem também – em nome da grandeza do povo soviético: "Não são as recompensas que nos seduzem/ Todos vão estar de acordo/ Estamos plantando os nossos grãos/ Pela honra de trabalhar". Pelo menos não estou lá fora, na taiga, cortando lenha. Ontem, o *vospitátel* prometeu que, se me empenhar mais, vou poder jogar no time do *lager*. Ele me disse que vou servir de exemplo para a campanha de reeducação. "Para o bem do socialismo!", ele se entusiasmou. Diz que como educador da Brigada Cultural de Vyatlag, acha importante me ver bem, apto a jogar, para erguer o moral dos outros detentos. O problema é essa dor na perna que não me abandona. É como um torniquete que aperta o joelho. Você com essas pernas tortas deve sentir muitas dores, imagino. Tenho dificuldade em agachar para cagar. Como vou correr? Meu amigo, Garrinchenka. Me desculpe a intimidade, camarada, mas estou emotivo hoje. Confesso que exagerei no *chifir* depois do jantar. Os *zeks* do pavilhão seis me chamaram para beber com eles. Temos que aproveitar já que o capataz Fiódor Alikhanov faz vista grossa. Eles gostam de escutar os meus casos de futebol. O *chifir* deixa a gente estranho, me põe a falar pelos cotovelos, embala a *skutschno,* aquela saudade melancólica, tediosa, o vazio que toma a alma dos *zeks*. Aqui, nas noites de *chifir*, tem uns intelectuais que contam histórias, "Os três mosqueteiros", "Romeu e Julieta", "O fazedor de caixões". Tem um professor *jid* que conta uns casos bonitos da Bessarábia, você precisava ouvir. São histórias de amor e de batalhas. Foi preso ainda na época do Stálin por cosmopolitismo. Não foi solto na anistia. Vai ver que o Béria tinha raiva de judeu. "Ei, judeuzinho, conta uma história para a gente." Ninguém sabe direito o nome dele. Atende por *jid* ou *jidacho.* Ele usa uns óculos redondos, de gente ideológica, deve ter sido inimigo do povo, um *líternik* trotskista. O tipo abaixa a cabeça e ajeita os óculos. Não parece ter raiva. Você sabia que o traidor do Trótski também era judeu? Não pode ser coincidência, pode? Mas as histórias que o *jid* conta são bonitas. E em Vyatlag, até que se prove o contrário, todo mundo é inocente. Os *zeks* se juntam para ouvir. Tem uns *blátares* acusados de matar a família inteira que se debulham em lágrimas com o final feliz de dois amantes. Eu também choro; choro e conto as minhas proezas com a bola. Verdade que aumento um ponto aqui e outro ali. Invento firulas dos gols que fiz, pinto maravilhas das terras do Ocidente, da França, da Suécia, da Austrália, que conheci com a bola nos pés. Batem muitas palmas para mim, Garrincha. Nos estádios, aplaudiam em pé meus passes de calcanhar, os gols que eu fazia. Quando eu jogava, às vezes passava pela minha cabeça se não era o caso de simplesmente desertar. Abandonar a delegação do Torpedo ou da

Seleção e pedir asilo para algum país ocidental. Nos países capitalistas pagam bem para jogador de futebol. Dava uma coceira, camarada. Será que eu teria coragem? Aqui é minha casa, afinal. Meu pai, minha mãe, meus amigos. O que vou fazer sozinho na França ou na Inglaterra? No meu lugar, você iria embora? Largaria para trás teu lar? Fiz a burrice de comentar com meus companheiros de time esse devaneio. No quarto de hotel, vendo a vida passar nas ruas, a gente fala qualquer coisa. Um tédio... "Camarada, deve ser boa a vida no Ocidente, você não acha?" E acendo um cigarro belga ou suíço. Tabaco bom. A fartura na mesa do café da manhã. "Ai, camarada, isso que é vida. E se eu não voltar mais para a Rússia? Desertar." E sorrio, soltando a fumaça. Será que alguém me delatou? Sou considerado um "elemento de perturbação da ordem comunista". Trago más influências para a juventude local. É isso que Andrêiev me disse: jovem, bonito, famoso, sou um agente do diabólico imperialismo ocidental. Eu não sei, Garrincha... Realmente, não sei. O fato é que agora sou um *zek* e, para passar o tempo e ganhar uma porção extra de pão, conto minhas fábulas do Ocidente. Vou falar de você também. Eles vão escutar de boca aberta sobre um jogador brasileiro com nome de passarinho que tem pacto com o diabo e que enfeitiçou o Borka Kuznetsov na Suécia. "Será que ele é um *domovoi*?", eles vão me perguntar. O *domovoi* gosta de fazer arruaça, Garrincha. Será que você é um duende? Se eu fosse um passarinho como você, já teria batido as asas faz tempo, para longe desse campo maldito, para a minha Moscou, a minha pequena pátria. Ah, Moscou, a cidade invicta, "Capital do mundo, da pátria a capital/ Que na constelação do Kremlin cintilou/ Tendo granjeado o orgulho universal,/ És a beldade do granito, ó Moscou". Por que estou aqui, Garrincha? Será que, no fundo, fui preso por causa de política, mesmo tendo sido acusado de estupro? Em Vyatlag, há poucos presos por causa do Artigo 58-10: os inimigos do povo. Alguns são stalinistas que foram detidos no último expurgo. E pensar que estavam todos na graça do Partido até 1953. Mas o paizinho Koba, o comandante-piloto georgiano, morreu. E todos caíram em desgraça, um por um. Não sou stalinista, não sou membro do Partido. Fui Outubrista e Pioneiro na minha infância e adolescência. Porque, quando você é criança, é obrigado a fazer tudo o que te mandam. Não fui um menino triste. Pelo menos não morri na boca de um forno como alguns de meus amigos durante os esforços de guerra. Muitos deles foram trabalhar para ajudar a Pátria. Eu escapei. A Guerra Patriótica passou longe de vocês, não é, meu caro? Aqui, Hitler dizimou muitos milhões de compatriotas meus: "Que a nobre ira se erga, como uma onda/ É a guerra do povo, a guerra santa". Os *panzers* chegaram a uma *versta* da minha Moscou. Que tragédia, meu Deus, que tristeza. Perdi muitos parentes no front. E muitos voltaram mutilados. Konstantin Pokróvski e Piótr Prokhorov, que jogavam no Torpedo, foram mobilizados. Konstantin morreu na Polônia, Piótr voltou sem as pernas. Depois da guerra, Piótr passou a assistir aos nossos jogos numa cadeira de rodas. Dava pena ver a cara de cachorro abandonado, o cobertor cobrindo o vazio. Aposto que, lá no fundo, ele se imaginava a chutar uma bola. Um passarinho sem asas, Garrincha, que não pode mais jogar. Terminada a Guerra, você não tem ideia de quanta gente foi para o Norte, trabalhar para a reconstrução do comunismo. O Liócha Tchekánov, que jogava futebol comigo na rua, foi com a família construir a ferrovia Baykal-Amur. Nunca mais ouvi falar dele. Teria dado um bom ponta de lança. Canhoto, alto, jogava sem olhar para a bola. Poderia ter feito dupla comigo no Torpedo, por que não? Minha mãe é professora de escola primária; meu pai, operário na ZIL. Ambos sangraram pela União Soviética. Eu dei sorte, confesso, e fui jogar bola. Defendi as cores e a honra da Pátria em terras estrangeiras. Levei o nome e a glória do socialismo para os ímpios de espírito, como se diz por aqui. Na URSS nos ensinam que o lucro é vil e que o indivíduo existe para o bem coletivo. O comunismo é nosso ideal. E você, Garrincha? Você é rico no Brasil? Ganha muito dinheiro com suas diabruras? Na minha acusação constava que fui detido por "assuntos de ordem feminina". Assuntos de ordem feminina... É assim que se referem à Marina Lebedeva. Se eu não tivesse ido naquela maldita noite para a dacha de Karakhanov... Poderia ter inventado alguma desculpa. Mas sabe como é, Garrincha. Os paparicos, os salamaleques, muito vermute, vodca, *kvass*. E foi quase uma convocação, direto do comando do Politburo. Será que armaram para mim? Andrêiev me disse que o Khruschov não vai com a minha cara. O Camarada Secretário-Geral?! Um exagero. Com tanto problema grave para enfrentar, o Khruschov não ia perder tempo com um borra-botas como eu, ou será que ia? Se ainda fosse na época do Stálin, quando te punham em cana por um peido mal dado. Sabe que um dia prenderam meu tio? Levaram ele como quem pega uma maçã da prateleira. Entraram de madrugada no apartamento em que ele morava com a mulher e com a minha priminha de 7 anos. Arrancaram ele da cama sem dizer uma palavra. Ninguém sabe por que ele foi preso. Minha tia quase morreu louca de tanto pensar sobre o motivo da prisão. Tem um rumor que correu por aí dando conta de que meu tio teria sido o primeiro dos professores a parar de aplaudir o camarada Béria depois de um discurso na Universidade Moscou onde ele era professor. Foi o que um colega de universidade falou para ela. Meu tio tinha o braço ruim, Garrincha: eram tortos como a tua perna. Uma artrite infecciosa que não sarava nunca. Como ele ia aplaudir o camarada Béria por mais de duas horas? Isso foi em 1949. Um ano depois, chegou um telegrama de Kolimá informando que o cidadão Streltsov, Sergueivich Anton tinha falecido, vítima de uma parada cardíaca. Depois que o Stálin morreu, dizem que o camarada Khruschov pediu desculpas pelos abusos do Estado e reabilitou um monte de gente que foi expurgada e morta nos tempos do Koba. E mesmo assim, me mandaram para Vyatlag. No final, será que estou aqui por um peido mal dado? Não consigo parar de pensar naquela noite. A comitiva da Seleção se despedindo dos compatriotas. Era para ser uma noite de festa. Nós, jogadores, vestidos com um terno cinza, paletó de três botões, um broche discreto com a foice e o martelo preso na lapela. No salão, as moças nos admiravam. Meu cabelo impecável, como sempre. Logo reparei em Marina Lebedeva. Estava em pé, sozinha, acompanhando com a cabeça a valsa que tocavam no piano. Uma menina loira. Magra, sem ser tanto. Os olhos bem pretos. Ai, Garrincha, faz mais de um ano que não converso com uma mulher. E mesmo com a fome que faz contorcer o estômago, mesmo com o cansaço e com as humilhações, com as sequelas da surra que levei, são as mulheres que habitam meus sonhos quando pego no sono. Mais até do que a bola, preciso confessar. Elas sorriem para mim. Sinto a pele lisa na palma da minha mão. Têm uns olhos verdes de esmeralda. Os lábios que me pedem para beijá-los. Ai, ai, ai. Não quero ser desrespeitoso com você, camarada. Não me leve a mal. É que... Hum... Vou fechar os olhos um pouco agora. Assim... assim. Ai, paizinho, não consigo. Por mais que me esforce, é o rosto da Marina Lebedeva que aparece. Sempre que tento imaginar uma moça bonita para namorar, ela se transforma. Devagar, os olhos escurecem e se arredondam, como se fossem os olhos de um corvo. Os cabelos também se alisam e se tingem de loiro. Agora estou com Marina Lebedeva no terraço da *dacha*. A noite está quente para a estação. Ela está usando um vestido de algodão amarelo, o laço de fita prendendo o cabelo. Reparei bem nela logo que cheguei no jantar: é uma digna jovem soviética, temente ao socialismo e ao Partido. Mas basta eu fechar os olhos para que ela me entregue o lenço para eu segurar. O cetim é macio e meus dedos afundam na carne tenra do colo de Marina Lebedeva. Estamos sob a luz da lua, que não está cheia. O facho do farolete que vem do jardim é muito forte. Conduzo ela para baixo da sombra de um olmo. O tronco é áspero e o cheiro da resina se mistura com o perfume de azaleia da pele dela. A grama está molhada. Meu sapato começa a encharcar. Se ao menos estivesse com minhas chuteiras, Garrincha. Estou tenso, rígido. Irresistível, como no campo, na ponta direita, driblando o lateral, na cara do gol, só o goleiro, pobre coitado, que eu desloquei com uma finta de corpo. Ninguém pode comigo. Sou o Eduard Anatolyevich Streltsov, vou jogar a Copa da Suécia, tenho 21 anos, sou forte e meu topete está em riste. "Não quero!" "O quê?" Não entendi muito bem... "Para!" Será que ela me pediu mesmo que parasse? Será? Já não sei mais de nada. A memória é uma ratoeira: o queijo está lá, basta ter a coragem de esticar o pescoço e abocanhar o naco. E me bateram tanto... Quando abro os olhos, Marina Lebedeva é uma moça loira, de olhos redondos e pretos, de vestido amarelo e fita no cabelo, magra, sem ser tanto. Sorri para mim um pouco envergonhada. O inquérito foi rápido. Me convenceram a assinar o termo de culpa com a promessa de que adiariam o julgamento. Para jogar a Copa, para enfrentar o Brasil, eu assinaria qualquer papel. Os filhos da puta me enganaram! Em menos de uma semana me embarcaram para Vyatlag. Não adiantou o desmentido de Marina Lebedeva. Não adiantaram os apelos do Kachalin, o técnico da seleção. Faz um ano que estou aqui. O trabalho enobrece a alma. Querem que me arrependa e que me regenere para o bem da União Soviética. Eu, Garrincha, só quero chutar de novo uma bola, sentir o sumo da laranja escorrer pela minha boca. Se eles quiserem, eu me arrependo. Não tem problema. Me arrependo de ter rejeitado me casar com a Svetlana Furtseva. Eu sei, eu sei. Ela é filha da Yekaterina Furtseva, única mulher a fazer parte do Politburo. Bem que o Nikita Andrêiev me avisou que Yekaterina estava nas graças do Khruschov. E se eu tivesse aceitado o pedido? Teriam me mandado para cá? Foi logo depois de Melbourne. A menina tinha 16 anos. Eu estava noivo, era aclamado por onde passava. Não estava a fim, Garrincha! Onde está meu crime? Tudo bem, a menina era louca por mim, mas eu nunca falei aquilo que circulou na boca do povo. É fofoca pura. Nunca disse que "Não me caso com esse macaco" ou que "Prefiro me enforcar" a ficar com ela. Juro pela minha liberdade! Confesso que posso ter sido um pouco arrogante. No fundo, achei que pudesse... Achei que, depois de ter ganhado o ouro em Melbourne, pudesse enfrentar de igual para igual Yekaterina Furtseva e sua audácia em querer me obrigar a casar com sua filha. Inocência a minha. Com os poderosos não se brinca, camarada. Eles têm sempre razão. Enfim, estou preso aqui e você solto no Brasil. Meu amigo passarinho. Estou há um ano sem conversar com uma mulher, há um ano sem chutar uma bola. A fome sempre aperta, o frio está à espreita. E tem o amanhã que logo vai amanhecer. Deve nevar. Será que vão me convocar para o serviço de sanitarização? Trabalho duro, sem refresco, cavar o chão, ao relento. O cansaço, Garrincha. Vou fechar os olhos agora. Tomei muito *chifir.* Me diz, Garrincha, você também consegue enxergar meu *bátiuchka*? Pitando seu cachimbo, o cheiro de tabaco. E Marina Lebedeva, apoiada contra o olmo: o linho macio do seu vestido amarelo. Você também está sentindo o calor da fumaça que sai da tigela de *borsch*? Viu o pedaço de carne de verdade, cheio de músculo e gordura? O cheiro forte de alho. Ai, paizinho, olha lá... vem a bola, suculenta como uma laranja, que rola na minha direção. Ah, se eu não estivesse tão cansado, Garrincha. Se eu não mancasse tanto. A Suécia é um belo país. Já joguei lá pelo Torpedo. As moças loiras como as espigas de trigo em abril. Me responda, Garrincha, o estádio está lotado? Os homens de pé, abanando os chapéus. Estão torcendo para vocês, tenho certeza. Eles odeiam os soviéticos, os comunistas filhos da puta. Mas eu não ligo. Prefiro assim. Saio do vestiário. Subo logo atrás do Igor Netto, converso com o Valentin; o Borka também está do meu lado... Coitado: ele não sabe o que o espera; o Lev, o Viktor e o Yuri também. Entro em campo com o pé direito, sempre. Miro a tribuna, o sol do meio da tarde me ofusca. Não consigo enxergar direito o público. É bonito o contraste das nossas camisas vermelhas com o amarelo ouro do uniforme de vocês. Ouço o apito do juiz. A bola cai no seu pé. Na ponta direita. Não é aí que você joga, Garrincha? O

Boris está paralisado na sua frente. Eu estou do outro lado. Não tenho mais fome. Minha perna está curada. Corro ao seu lado, mas a bola parece não gostar mais de mim. Ei! O que é isso que brota das suas costas? São asas, meu Garrinchenka? Claro que são asas, meu dragão alado que bota fogo pelas ventas... O Borka, com as mãos espalmadas a proteger a vista, enxerga você em pleno voo. A bola, essa nossa danada, você cuida dela como a namorada mais querida. Voa, meu amigo passarinho. Ah, Garrincha, só não se esquece do teu irmão aqui. Me leva junto com você, por favor, meu camarada.

O juiz

Mas a era de ouro sem cessar
É mandada para as calendas.
Os Deuses sempre estão com sede,
Nunca têm o suficiente.
E é a morte, a morte sempre renovada,
Morramos pelas ideias, tá certo.
Mas lentamente.
Tá certo, mas de morte lenta.

MOURIR POUR DES IDÉES
George Brassens

Corinthians × Santos
domingo, 6 de maio de 1962

Era ainda madrugada e João despertou com a tosse rouca da esposa. Bateu de leve no dorso de Ieda, que resfolegava ao seu lado. Aproveitou a luz furtiva da lua para procurar o filete de sangue no canto da boca da mulher. Persignou-se de alívio diante da baba transparente. Ela, deitada de lado. Dispneia braba. João sentou-se à beira da cama, buscou às cegas o urinol debaixo da cômoda. Não deixou de achar certa graça na persistência do hábito um tanto anacrônico: em plena década de 60, quem mais usava um penico? Preferiu aliviar-se no quarto a enfrentar a corrente de ar que zunia atrás da porta. Era início de maio em São Paulo. O frio agudo, um pouco antecipado, dava as caras em sua plenitude acinzentada. O jato de urina estalou no estanho – João estimou um quarto de litro, o líquido claro, cristalino, quase inodoro, urina saudável. Sorriu. Completara 46 anos e pensou na próstata ainda encapsulada dentro de sua casca, como uma noz. Tomou um gole comprido de água e calculou a hora. Três da manhã, talvez. Considerou ir à janela, afastar de lado as cortinas, espichar os olhos até a rua vazia, fantasmagórica no outono paulistano. Aos pés do sobrado, o largo Padre Péricles, a torre da igreja da Paróquia São Geraldo à espreita do carroceiro dormitando na boleia; mais à frente, a rua Marta, pacata, a desembocar na do Lavradio, que desce, numa curva à direita, até morrer na avenida Pacaembu, com suas casas janotas e bossa de bulevar; a avenida segue majestosa rumo a seu sumidouro, no berço do vale, em plena esplanada da praça Charles Miller, onde ergue-se, monumental, um maciço bege, com holofotes ferindo o céu – o coliseu paulistano, o próprio da municipalidade, o Estádio Municipal Paulo Machado de Carvalho, que, para os íntimos, assumiu o epônimo do bairro, o Pacaembu. É lá, empertigado no grande círculo, fardado com o indefectível uniforme negro, calções, meias e camisa de mangas compridas, que João vai estar, se Deus assim permitir, às três da tarde, incumbido da missão de autorizar o pontapé inicial de mais um Corinthians e Santos.

Resgatou o pensamento como se recolhesse a linha num molinete. Sabia que não dormiria mais. Não teve coragem de acender o abajur para ler os salmos. Que remédio? Decidiu abrir a gaveta do criado-mudo, de lá retirou a caixa de madrepérola, com forro de veludo azul. Tateou o fecho, um pouco emperrado, que custou a abrir. A tampa suspensa fez reluzir, sob a nesga do luar que ainda bruxuleava pela fresta da cortina, uma quina de metal escovado. Bem que podia ser um comprimido de cicuta, pensou. Resolvia-se tudo. A tosse hemóptica da mulher, as dúvidas existenciais, a insolência dos soviéticos naquele ano de 1962, o descalabro de João Goulart, o frio úmido que enfrentaria algumas horas depois, sozinho na arena, todo de preto, com as canelas – húngaras de tão brancas – à mostra, a mediar com aquele mesmo apito, de trilo mais agudo do que o normal, o destino do clássico alvinegro. Rápido ele repudiou os pensamentos lúgubres. Que coisa mais anticristã. Não era o desígnio do Senhor. Valha-me!

João afagou o apito como quem manuseia uma joia, penetrou o dedo indicador no aro de segurança, levou-o à boca com reverência. De leve assoprou – expirou, na verdade – à maneira do Criador ao dar vida à estátua de barro no começo dos tempos. O silvo que se emitiu foi quase inexistente: um breve ronronar, o badalo vibrando sutilmente as paredes internas do apito. João suspirou com o prazer de sentir o carinho nos dedos. Olhou para o púbis, corou no escuro ao perceber-se intumescido por baixo da flanela grossa do pijama. A seu lado, a mulher arfava, o ar passando no oco de um tronco. O segundo sopro escapuliu mais intenso, o som timorato ainda. Um trilo débil assim não imporia respeito nenhum diante de um Ari Clemente. Ari é um zagueiro espadaúdo, daqueles que olham torto para atacante. Joga duro, o desgraçado. Contra o Santos, tornava-se violento, irascível. "Pega o Pelé, Ari!" É o que se escutava das arquibancadas. João sabe melhor que ninguém que entre os dois a rixa é antiga.

A lembrança da partida fatídica faiscou na memória. Era uma quarta à noite. O mesmo mês de maio, se ele bem se recordava. Como neste domingo, era véspera de Copa do Mundo, no caso, a de 1958. A João coube apitar o jogo preparatório entre a Seleção Brasileira e o Corinthians. Que enrosco! De amistoso, a peleja não teve nada. Vê se pode: nas arquibancadas, a torcida corintiana, cujo ídolo máximo, Luisinho, o Pequeno Polegar, vinha de ser preterido por Vicente Feola em prol do prodígio do Santos – com reles 17 anos e já postulante à majestade –, por despeito e excesso de amor, vaiava a plenos pulmões o escrete nacional. Lá pelas tantas, quando o massacre havia se consumado (cinco a zero para o Brasil), num carrinho criminoso, Ari Clemente rachou o joelho do franzino Pelé. João estremeceu com o estalo da porrada. Ainda teve que engolir, com o rabo entre as pernas, o xingamento de Mário Américo, massagista da Seleção:

"Porra, João, controla direito esse jogo!". A contusão foi grave o suficiente para que a presença na Suécia do futuro Rei ficasse por um fio. Ela só foi confirmada, em cima da hora, pela teimosia de Hilton Gosling, o médico da delegação, que enfrentou o risco de levar Pelé mesmo machucado.

Quatro anos depois, pairava uma certeza: na primeira dividida, como de costume, Ari Clemente se atracaria com Pelé, na lateral direita. Falta. Falta feia que clamava um sopro firme, imperioso. Quiçá João devia até peitar o beque, dedo em riste. Toma tento, Ari! Não vai atrapalhar meu jogo! João fez a pantomima da cena. Ergueu o indicador, elaborou mentalmente um diálogo. Refez o teatro mais uma vez. Na última encenação, interpelou o corintiano com um epíteto cabeludo. Filho da puta! Assustou-se com a própria ousadia. Escutou a tosse rouca de Ieda. O catarro grosso estatelou-se no chão, gema vermelha de ovo galado. Sangue. Depois de limpar o ranho, João seguiu novamente até a janela do quarto. Dessa vez, ergueu o vidro para receber o vento gelado no peito. Na falta do flagelo, o frio como mortificação pelos maus pensamentos. Deus manda. Aprumou-se diante do Largo vazio, o carroceiro encolhido no átrio da igreja, os sabiás mais apressados prenunciavam a aurora que ainda tardaria. João, então, percebeu Pelé receber a bola de Pepe. O ponta de lança deu dois passos em direção à linha de fundo. Quando se preparava para centrar, recebeu o trompaço de Ari Clemente. Um carrinho criminoso, típico. Incontinenti, João levou o apito à boca, estufou o peito e assoprou. "Falta!" O trilo em fá sustenido, de doer os tímpanos, despertou de vez a passarada. De chofre, virou-se para a mulher que soerguia o corpo, turva de sono e do chiado no pulmão.

— Que foi isso, homem?

Mal conseguiu distinguir a pergunta na rebarba do zunido que ainda lhe aturdia os ouvidos. Queria explicar à esposa que acabara de expulsar Ari Clemente por entrada desleal em Pelé. Era preciso ser firme. Mostrar destemor com o apito. Tá fora, Ari! Contentou-se em cerrar a janela e mentir à mulher que o garrafeiro havia madrugado hoje, passou agorinha entoando o estribilho. Decidiu voltar para a cama. Repuxou as cobertas sobre o peito ofegante e, disfarçando, guardou o apito na caixinha.

— Vamos dormir, Ieda. É cedo ainda.

Deitado com olhos abertos, João repassou mentalmente o ritual que antecedia os grandes jogos: limpar o apito, engraxar as chuteiras, engomar o uniforme novo que recebeu da Federação Paulista, a média com pão na chapa na padaria... Escalou o time do Santos: de Gilmar a Pepe – Dorval, Lima, Coutinho e Pagão. Que timaço... Pelé jogaria? Parece que tinha sentido o adutor no coletivo apronto. Pelé sentia raiva do Corinthians: virava bicho. A pancadaria sempre cantava. O Corinthians perdendo, a torcida nervosa. Um inferno. E tinha o Ari Clemente. Ô zagueiro forte, másculo. Uma estátua de ébano em riste. Será que o Ari joga? Ah, joga! Ari é um búfalo, não se machuca nunca.

Estremeceu ao comparar o onze do Corinthians. Penalizou-se com a linha de frente de Parque São Jorge. Chegou a se benzer: Bataglia, Silva, Ney, Rafael e Ferreirinha. Tirando Rafael e, com alguma boa vontade, o centroavante Ney, era um ataque ruim de doer. Fingiu uma expressão de dor diante do atropelamento iminente. Foi com a imagem das sobrancelhas grossas de Bataglia que João começou a sentir mais uma vez formigar aquela ideia que há algum tempo rodeava sua cabeça sem que, de fato, ele tivesse coragem de fisgá-la. Até então era como um fogo-fátuo que piscava fugidio e se insinuava em forma de instinto, esgueirando-se com patas de gato nas suas caraminholas. Agora ele se permitia mudar a ideia de plano, aproximando-a da esfera da razão, da dúvida de base filosófica e teológica. João ponderava, finalmente, se era lícito equilibrar um pouco a correlação de forças que agiam no mundo; se era justificado retificar com o condão de seu apito a distância técnica entre dois times. Tinha consciência de que no papel de árbitro devia passar despercebido, mas por que não exercer seu poder como um demiurgo? Deus lhe tinha dado o dom e a oportunidade de fazer justiça na Terra, mesmo se o seu universo de almas se restringisse ao campo de futebol. Questionava se poderia dar um destino mais glorioso aos 22 homens que se digladiavam pela bola e aos milhares de torcedores que depositavam no resultado de uma partida suas esperanças e a fugaz felicidade de uma tarde de domingo.

João ainda pensava na infinidade de corintianos que cruzavam seu caminho todos os dias. Estão em todos os lugares: é pior que pardal. Tantos deles, um pouco por galhofa, mas, no fundo, no fundo, sabia João, munidos de um fio de esperança de que pudessem sensibilizá-lo – ao lhe servir o pão, engraxar seus sapatos, deixar o leite à sua porta, limpar o para-brisa de seu Simca Chambord – a ajudar o Corinthians na infausta tarefa de vencer o Santos de Pelé e companhia. Será que eles não merecem uma alegria nesta vida de Deus?

Era sobre esses corintianos, onipresentes na sua vida, que matutava João já nas primeiras horas da manhã quando ouviu o chamado de Ieda.

— Tá variando, homem? Me ajuda aqui a levantar...

João fez as abluções e auxiliou a mulher na toalete. Esvaziou o urinol, trocou o pijama pelo terno. Ieda tossia ainda. João juntou algumas folhas de eucalipto numa infusão e fez a mulher respirar o vapor da mezinha segurando sua cabeça coberta por uma toalha.

— Ieda, me diga uma coisa – João aproveitou o silêncio compulsório da mulher para uma elucubração retórica –, você acha moralmente aceitável manipular o resultado de uma partida por um desígnio pessoal, ainda que não seja ele venal ou nefário? Que seja um motivo nobre, justo e cristão?

Ieda, que expectorava o catarro na bacia, meneou a cabeça. João tomou o sinal como uma aprovação.

— Pois então, Ieda, Deus me deu esse dom e essa oportunidade. Me entregou o apito e disse vai, João, vai fazer justiça, aplicar as regras do jogo e as normas de conduta. Que Ele me perdoe a ousadia, mas sou como um apóstolo que espalha Sua palavra e Sua pedagogia.

Interrompeu o solilóquio e ergueu os olhos, que se fixaram no teto do sobrado. João, contudo, mirava para além, atravessava com o pensamento os limites físicos da casa, da cidade, do mundo, e se punha no patamar elevado do Éter, na companhia do Senhor, sendo ungido – todo garboso em seu uniforme preto engomado no capricho e armado de seu apito – para ser o vassalo de Sua justiça.

Mas, sem que João se desse conta, devagarinho, a figura do Todo-poderoso começou a se transfigurar na imagem de Ari Clemente. João não estranhou a metamorfose e permitiu-se deixar o pensamento à deriva. Ainda flutuando no firmamento, João se aproximou do beque do Corinthians, que, nu e suado, agradecia-lhe a bênção concedida. Eu te perdoo, Ari. Eu reconheço tua dor.

João estendeu a mão e a fez pousar na cabeça de Ari. Ao mesmo tempo, passeou o olhar pelo corpo retesado do zagueiro. Não podia negar a beleza daquele torso varonil, os músculos talhados por um cinzel ao mesmo tempo bruto e singelo que lhe acentuava o pulso vital. Uma corrente de prazer eriçou a superfície de sua pele: não estaria o sabor da vida em suas contradições imanentes? A maciez lanosa das melenas de Ari, o úmido untuoso do suor que coloria o peitoral do zagueiro. João afundou ainda mais os dedos e, delicadamente, passou a desfazer os pequenos caracóis da cabeleira de Ari e, com a outra mão, pensou em acompanhar o contorno de seus músculos bem definidos.

Passeava enlevado por essa topografia de picos e vales quando de longe entreouviu as trombetas, que imaginou anunciarem o Apocalipse. A soada metálica amplificava à medida que a imagem de Ari Clemente se refazia na de um cocuruto familiar, adensado por uma selva grisalha, parte dela ensopada pela infusão de eucalipto. João se desculpou atabalhoado. Na confusão, derramou metade da água no carpete. Recebeu o ralho de Ieda, que espirrava, resfriada pela água. Imediatamente, João tentou se recompor do desvario. Onde já se viu misturar o Altíssimo com Ari Clemente? Insistiu nas escusas e teve que escutar, de cabeça baixa como uma criança levada, a bronca da mulher. Ouviu que nos últimos tempos andava muito aéreo, não atinava para nada e – "tenho certeza" – estava variando da cabeça.

Será que Ieda tinha razão? Estaria de fato perdendo o juízo? Não é uma boa hora para desviar do prumo, João disse para si. Dali a pouco teria que empunhar o apito e mediar o destino de uma partida, cujo resultado o mundo já sabia de antemão.

João coçou a cabeça e acomodou a mulher no sofá. Antes de sair de casa, recebeu a reprovação travestida da complacência que, sabia ele, só os 25 anos de casamento permitiam.

Em dia de jogo, evitava ler os jornais. Temia deparar um comentário desairoso. Era comum um dirigente ou técnico destilar alguma maldade para tentar desestabilizá-lo. Os repórteres – abutres – eram useiros em deturpar os fatos, a fim de turbinar as vendas. E João reconhecia que ele, modéstia à parte, era um prato cheio para o sensacionalismo da imprensa esportiva. Nas folhas, era chamado de "Rei do Empate". Em jogo grande era batata: a Federação Paulista de Futebol não vacilava na escala. Ainda mais agora que tinha sido um dos escolhidos pela Fifa para apitar a Copa do Mundo no Chile. Por vezes, fantasiava que os holofotes se dividiriam entre o escrete canarinho – com Pelé, Garrincha, Gilmar, Didi, Nilton Santos – e ele, o único juiz brasileiro a apitar o mundial. João aproveitava sua situação privilegiada para encerar as amabilidades com os cartolas. Tinha consciência de que os salamaleques e adulações miravam um favorecimento mais adiante. Por outro lado, não escondia o gosto que sentia com o beija-mão. Sem se fazer de rogado, João desconversava repetindo o estribilho de praxe: "Com o apito na boca, sou uma vestal".

Naquele domingo, João decidiu infringir seu costume. Arrebatou a edição gorda do *Estadão* para acompanhar o pingado e o pão com manteiga. Mais que os destaques esportivos, era a política que interessava os jornais naquele outono de 1962. João não se recusava a debater a cena doméstica e internacional. Também não fazia questão de esconder suas tendências conservadoras no costume e na política. Era de direita, sim senhor! Colocava na conta de sua herança e criação. Dos pais húngaros que imigraram para o Brasil trazendo a tiracolo o menino de 2 anos fugindo das mazelas da Primeira Guerra. Na padaria, os mais chegados mostraram respeito ao recato e evitaram comentar com João o prélio que se anunciava. Com o desjejum, mastigava-se política. Falava-se dos desmazelos do governo João Goulart e do parlamentarismo de fancaria que não se sustentava; comentava-se a Guerra Fria que fervilhava e do Brasil – com sua pujança – que assumia um papel de peão estratégico no tabuleiro internacional. Na eleição do ano anterior, João depositou convicto o voto em Jânio Quadros. Apreciara a modéstia de suas atitudes, o *quê* tradicionalista nos costumes, o anticomunismo que exalava no linguajar pitoresco. Durante a campanha, João costumava exibir na lapela, e em público, a vassourinha que simbolizou o discurso anticorrupção do ex-presidente. Não pôde deixar de se sentir traído com a renúncia abstrusa "do fujão", tomado pelo mesmo pânico que se espraiou em parte da elite econômica e militar do que poderia representar a assunção de Jango ao cargo de presidente. Ele nutria ódio mortal pela União Soviética e pelo "perigo vermelho" que se expandia aos quatro ventos: para começar, renegam Deus – o argumento religioso matizava parte do despeito nas rodas de conversa.

— E vocês viram o que fizeram na minha Hungria? – rebaixava a voz em sinal de contrição. — Os russos são uns animais, uns animais.

Apesar de não ter lembrança do país natal, João mantinha laços afetivos com a Hungria. No berço familiar, foi curtido na *língua do diabo* e na páprica forte do *goulash*.

Acompanhado dos pais, já encanecidos, garimpavam o *dial* da terceira faixa das ondas curtas em busca de tesouros escondidos na música de Liszt, Kodály e, especialmente, Bartók, onde reconhecia com mais potência as cores de uma Hungria que se desmantelara, após a imposição da zona de influência soviética no pós-Segunda Guerra. Reunidos em família, o casal de expatriados e o filho brasileiro-magiar compartilhavam a nostalgia de uma vida abandonada pela força das contingências. Inevitavelmente, João foi abduzido pelo idílio de um passado despedaçado; ostentava orgulho do sangue húngaro que lhe corria nas veias. Considerava-se tributário dos magiares, de seu idioma e tradições. De ninguém escondia as origens. Ao contrário, afirmava-as diante de sua audiência. Em 1954, na Copa da Suíça, quando o Brasil foi derrotado pela Hungria no jogo que ficou conhecido como a Batalha de Berna, João sofreu com o coração dividido entre os ancestrais e a nova terra que o acolhera. Nem para Ieda teve coragem de revelar o dilema que atravessava seus afetos. Conversou com Deus, isso sim, antes de se deitar, nos dias que antecederam a partida, implorando por algum desafogo para tamanho aperto. "Peco, Senhor?", questionava dedilhando o rosário de estimação sem que recebesse, entretanto, nenhum alívio. A derrota acachapante do Brasil – na bola e na porrada – germinou em João o sentimento doce do pai que assiste a um primeiro ato viril do rebento varão. No âmago, lamentou não poder contar vantagem entre os amigos, ufanistas, possessos com o revés brasileiro. Na intimidade do lar, privando o rádio com apenas alguns conhecidos, João compartilhou da agonia dos brasileiros com aquele 4 a 2, irradiado na voz aflita e chiada dos *speakers*; no dia seguinte, não pôde deixar de ler os comentários dos parcos jornalistas que testemunharam *in loco* a guerra campal, cujas imagens, na falta de transmissão pela tevê, os brasileiros só puderam forjar na imaginação. Os cronistas foram unânimes em atestar a má índole dos comunistas, que arrepiaram o cândido e ilibado selecionado brasileiro, o qual, por sua vez, apenas se defendeu nobremente das ofensas, servindo como o último contraforte da civilização ante o assédio dos bárbaros vermelhos. Diante da infâmia sofrida por Castilho, Baltazar, Djalma Santos, Didi e companhia, a um desacorçoado João restava apenas a alternativa de responsabilizar o sinistro espírito socialista que minava a verdadeira natureza – benigna – do povo húngaro. "Nós, húngaros, não somos sujos", retorquia aos mais exaltados.

E foi justamente pela aversão encarniçada aos comunistas que João apoiara com ímpeto a intervenção militar que dificultou a posse de Jango. Num primeiro momento, concordara com o subterfúgio da mudança de sistema político – do presidencialismo ao parlamentarismo. Tudo para afastar os pruridos populistas de Goulart das esferas do poder e, assim, manter bem longe, em Cuba se possível, os bordos da órbita soviética. Nos momentos de paúra mais aguda, João chegou a sonhar algumas vezes que apitava uma partida em que se enfrentavam dois times formados por jogadores de cabeça de foice e de martelo. Da tribuna de honra, um Stálin boquiaberto mandava que linchassem aquele juiz, filho de húngaros, ladrão, sem-vergonha que, teimosamente, mantinha o resultado em zero a zero. João acordava empapado de suor, punha-se de joelhos ao lado da cama e rezava com fervor.

Na padaria, foi Luis Espanhol, provocador de timbre anarquista, quem cutucou com vara curta, fazendo chiste com assunto de geopolítica:

— Esse Khruschov é um batuta mesmo, vai dobrar o Kennedy.

Em resposta, João revirou os olhos e emendou um impropério, baixinho, mas cabeludo. Sem perder a fleuma, comandou o pão na chapa e a média bem quente, clarinha. Com a colherinha, pescou a nata com cuidado. Evitava ao máximo gordura, por causa das coronárias, ainda mais lipídios de origem láctea, que ouvira serem dos piores para a saúde. Ieda ralhava, mas João adorava chuchar o pão na bebida, sorvia o excesso com muito prazer antes de desfazer a maçaroca rarefeita entre a língua e o palato. Ao limpar as últimas migalhas dos cantos da boca, reparou que o povo já começava a engrossar as ruas do largo Padre Péricles vazando da missa das oito horas. Lamentou a própria gazeta. Deveria ter ido à igreja. Compensar os devaneios; a ideia fixa de se colocar no lugar do Altíssimo. Deus haveria de indultá-lo, acreditava. Mas com que cara ia encarar o padre Albano por entre a treliça diáfana do confessionário? Explicar toda essa história, o temor de que o castigo viesse sorrateiro, na doença da mulher, no próprio coração que, sabia, andava a ratear. E, para piorar, Albano era palmeirense roxo. Diziam que vestia a camisa verde por baixo da batina em véspera de jogo importante. Ajoelhado diante do pároco, João temia perder longos minutos escutando maravilhas sobre Julinho Botelho ou, quando não, levaria um puxão de orelhas pelo gol anulado no derby de janeiro. Os repórteres caíram de pau em cima dele por ter anotado falta – inexistente, atestaram – de Vavá em Oreco. Naquela noite, João dormiu com a consciência tranquila: ele jurava ter flagrado o empurrão do Peito de Aço. Na última confissão, já havia enfrentado as lamúrias de Albano, no limiar da chantagem, insinuando, cheio de eufemismos, que clamaria por complacência divina em troca de um adjutório mais pedestre, em benefício da causa palestrina.

Sacudiu a cabeça, guardou o jornal sobraçado e apertou o sobretudo. O sol de inverno não amainava o frio naquele começo de manhã. Pensou mais uma vez em Ieda. Dali a algumas horas, dividiria o palco com Pelé, enquanto a mulher, pobrezinha, gastaria a tarde tossindo na namoradeira.

Calhava seguir o ritual dos dias de jogos. Pedir proteção a Deus, encomendar o frango assado, leve, sem polenta, só com a salada de agrião e o arroz branco, para não atiçar a gastrite nem irritar o intestino. Em casa, dividiria a porção com a esposa. Ela, como sempre, reclamaria da secura do frango afastando o prato com a metade do repasto intacto. Terminada a refeição, João guardaria com esmero o fardamento, bem-dobrado, na valise. Fazia questão de passá-lo ele mesmo. Tratava-o como se mima o filho predileto. Caprichava no colarinho e nos punhos, engomava a meia para que ela se mantivesse exatamente quatro dedos abaixo do joelho. Faltava pegar o apito, sempre o detalhe final. Não sem certa vergonha, por reconhecer o despautério do ato, realizava um último teste para checar se o instrumento estava em ordem. Trancava-se no banheiro a fim de assoprá-lo com destemor. Em frente ao espelho, ensaiava os movimentos protocolares: o semblante sisudo diante das vaias na entrada em campo, o cerimonial do *toss*, a *gravitas* no cumprimento aos capitães. Tinha esperança de que a *Gazeta Esportiva* publicasse, na edição de segunda-feira, sua expressão firme e serena em detalhe ao lado dos craques do jogo nem que para isso fosse necessário escorregar um agrado para o editor.

Chegou ao estádio duas horas antes do início da partida. Cumpriu o trajeto a pé, para fazer circular o sangue. Como sempre, enterrava o chapéu na cabeça, pregava os olhos no chão e torcia para não ser reconhecido. O vestiário era seu santuário. Grudava o santinho com a imagem de Nossa Senhora ao lado da porta, acendia duas velas na bancada, pendurava o uniforme no cabide. O ato seguinte era mundano. Por isso, a larga antecedência. Envergonhava-se de compartilhar a intimidade com os bandeirinhas. João sacava da valise o rolo de papel higiênico que trazia de casa. Mesmo veterano, ele padecia de ansiedade crônica. E era tiro e queda: o nervoso atacava direto o trato intestinal. Como a administração municipal não tinha apreço pelo alheio – a queixa eterna de João –, restava-lhe trazer de casa um conforto mais macio. Despiu-se por completo, entrou no reservado e fez sua obra, que acumulara, de propósito, desde a manhã. Era assim que procedia em dia de jogo. Aguentava a precisão até o vestiário, quando evacuava os intestinos na sua plenitude. Dessa forma, acreditava, não corria riscos de um desconforto fora de hora e, além disso, numa instância mais nebulosa do espírito, podia contemplar com orgulho sua criação.

Ecce homo, suspirou ao reparar na forma demasiadamente humana que as fezes assumiram. Divisou uma cabeça, com rudimentos de olhos e de orelhas, o tronco robusto, como se fosse um Atlas. Satisfeito, até conseguiu imaginar, abaixo da linha da água, as pernas grossas (João pensou nas coxas bem torneadas de Bellini) que sustentavam o Adão que acabava de ser moldado pela força do acaso que regia os movimentos peristálticos de seu tubo digestivo. Por que não considerar que o excremento que ele expelia funcionava como o barro seminal? Plantou um sorriso sereno, do qual imediatamente se arrependeu. Transiu-se como consequência do halo pecaminoso que o gesto podia incorrer. Foi invadido por uma onda de terror ao se dar conta de que, no frigir dos ovos, o que acabara de fazer nada mais era do que comparar a matéria que deu origem à humanidade com o bolo fecal que vinha de despejar na privada do vestiário de árbitros do Pacaembu. Puxou rápido a descarga a fim de mandar para longe dali as evidências do seu pecado. O troço, entretanto, era volumoso demais para o empuxo mofino da válvula. João sentiu um começo de pânico à medida que a massa de aspecto humano se deformava depois de cada tentativa de expurgo. Preocupou-se com o coração, que acelerava. Mais uma vez, olhou para o teto, onde buscava encontrar, na verdade, o olhar complacente do Senhor. Implorou por perdão. Implorou outra vez. Só não se pôs de joelhos porque o reservado era muito estreito. Convenceu-se, no ápice da angústia, de que poderia estar exagerando na história de comandar o destino com a força do apito. Melhor seria deixar a vontade divina tanger as rédeas dos homens. "Eu, João, juiz de futebol, sou apenas mais um cordeiro no rebanho", repetia em tom pastoral. Encontrou na cadência da ladainha uma ponta de indulgência. Uma calma misericordiosa o invadiu. E, com ela, permitiu-se retomar a ponderação filosófica com a qual se debatia. Sentiu-se confiante para recuperar o argumento. Não seria verdade que a sua obra, ainda que nesse formato repulsivo, também era produto da vontade Dele? Aquela inferência lógica apaziguou o temor de minutos antes. Testemunhou as fezes, finalmente, escoarem vaso abaixo. Conseguiu se limpar em paz.

De ventre e espírito leves, moveu o corpo nu para fora do WC. Ainda compenetrado nos assuntos da alma, demorou a se dar conta de que já contava com a companhia dos bandeirinhas. Sentiu-se totalmente devassado, as partes à mostra, sem qualquer pudor ou proteção. Seu reflexo foi acompanhar o olhar dos auxiliares que se fixavam no seu membro murcho e ingurgitado do frio. Raciocinou que pior seria apressar os movimentos. Tentou agir com naturalidade, cumprimentando-os com satisfação contida, enquanto vestia a cueca samba-canção.

João quis puxar assunto. Dar fim ao constrangimento. Enveredou-se numa conversa mole pelos temas triviais. Perguntou se sabiam a escalação dos times e se achavam que a chuva ia dar o ar da graça. De resposta, só recebeu muxoxos. Por um momento, acreditou que ainda estivesse sob escrutínio dos bandeirinhas. E se eles tivessem escutado alguma inconfidência de sua conversa com Deus? Talvez não tivesse conseguido manter os pensamentos confinados. Buscou por alguma réstia de derrisão no canto da boca de algum dos auxiliares. Não se dariam ao direito de uma troça escancarada. Todos sabiam que era João a estrela da companhia. Tinha suas conexões. Se ralhasse para a diretoria da Federação, nunca mais bandeiravam. Mas, assim que passou a cabeça pela gola da camisa, intuiu o que parecia ser o fim de um cochicho. Reparou que afastavam rápido a boca de um da orelha de outro. Pensou em interpelá-los, sem rancor, como quem não quer nada. Qual é a boa? A pergunta ficou presa na garganta. O gesto abortado chamou a atenção dos dois, que flagraram um sorriso desajeitado de alemão em propaganda de cerveja. Ameaçou contar uma piada de salão. Gaguejou. O silêncio se estendeu agoniante.

— Que frio do capeta – foi com o que conseguiu remendar.

Ainda faltava uma hora para o jogo. Tempo demais para remoer, lamentou-se. João, então, se abancou ao lado dos bandeirinhas. Recebeu a oferta de um cigarro, que recusou com cerimônia. Não fumava. Tinha receio de prejudicar o coração. Pelo menos era o que tinha lido numa reportagem de *O Cruzeiro*. Agradeceu. Permitiu-se relaxar um pouco. Não devem ter percebido nada, forçou-se a acreditar.

Da porta, ouviram-se três batidas secas. Um diretor da FPF entrou estabanado, sem conter a excitação. Jogo grande, o último antes da parada para a Copa do Chile. A TV Record transmitiria a partida ao vivo. O cartola chamou João de lado. Esfregou as mãos suadas. Desejou boa sorte e alertou sobre a responsabilidade de arbitrar um Corinthians e Santos. Fitou fundo seus olhos, os dedos apertaram seu antebraço como se procurasse alguma anuência. João terminou por aquiescer, cúmplice. O homem olhou por cima do ombro, em direção aos bandeirinhas, e estendeu a eles os cumprimentos e o alerta sobre a importância da partida. João percebeu o tom paternal no "prestatenção" que dirigiu aos auxiliares, muito diferente da humildade que lhe dedicou no particular. Do alto da autoridade que lhe havia sido conferida pelo *tête-à-tête* com o dirigente, João voltou para perto dos companheiros. Quase não dava conta de esconder que estava apreciando a sensação de poder. Naquela posição, estava autorizado a exercer a hierarquia. Dominar a situação que parecia caótica momentos antes, deixar claro o lugar de cada um. "Quero ver caçoarem de mim agora!", João estufou o peito, orgulhoso. "Quero ver quem vai rir de mim", insistiu para si em *crescendo,* como um pistom que dá movimento a uma engrenagem. De frente para a dupla, arrumou a camisa dentro do calção, num teatro bem-medido. Fez questão de empostar alguma arrogância, bancar um ar de superioridade. Não ia ser feito de palhaço por esses rola-bostas. Estava às vésperas de apitar o Mundial. Quem eles pensavam que eram? Dois proletários mequetrefes. Era para ele que deviam bater continência. Em posição de sentido, sim senhor.

João deu um tapinha camarada no ombro do primeiro auxiliar. Preparava-se para pôr em curso a homilia que antecedia todas as partidas. Tomou fôlego e, antes que verbalizasse a prédica, entreouviu um impropério, que, apesar de não lhe ser dirigido, agredia seus pudores.

— Esses cartolas são todos uns filhos da puta! Uns filhos de uma puta – o bandeirinha fez questão de sublinhar.

E ainda buscou nos olhos de João um sinal de aprovação. João tentou contemporizar. Desorientado, entabulou uns "Veja bem", "Eu entendo", "É difícil mesmo". Esforçou-se para se colocar no lugar do auxiliar, compreender as mazelas e demandas dos mais pobres naquele tempo bicudo que o país atravessava. Conseguia, nesses momentos, demonstrar alguma solidariedade de classe. Afinal, somos todos assalariados, e o custo de vida não está para brincadeira. Era sensível às dificuldades e à carestia dos necessitados; apenas não concebia que a solução estava no breviário socialista. Haveria caminhos, dentro do campo liberal-conservador, costumava ensinar, que teriam força para manter o país nos eixos, mesmo com a inflação galopante. Não que tenha vocalizado esse libelo para os auxiliares. Não era a hora de se dar a proselitismos. Tinha um jogo importante para apitar. Em vez disso, buscou desviar do assunto, emplacar banalidades.

Em vão.

O bandeirinha se inflamou. Levantou do banco e com seu instrumento à guisa de batuta deu vazão a uma arenga irascível. Bradava que os russos estavam prestes a invadir o Brasil, conduzidos por Luís Carlos Prestes, esmagando a Quarta Frota Americana, que Jango já estava em conluio com Khruschov e com Fidel para instalar uma base nuclear no litoral do Ceará e que toda a propriedade privada seria expropriada em nome do povo e que os contrarrevolucionários seriam enforcados em praça pública.

— Agora é foice e martelo, João. As reformas vêm aí. Ninguém segura o homem.

João sentiu náusea, o líquido biliar estancado na garganta. O coração em taquicardia. Estava certo de que a pressão disparara. O auxiliar, jugular pulsátil, envergava a bandeira vermelha nas mãos. Um soldado do camarada Lênin. João teve ganas de gritar. A Revolução está em marcha, em pleno vestiário do Pacaembu.

João cambaleou: sentiu tontura e um zunido percutia seus tímpanos. Precisava de um copo de água. Foi até a moringa, mas a encontrou vazia.

Abriu então a torneira da pia e juntou as mãos em concha embaixo do jorro grosso, aproximou o rosto enquanto murmurava um "Ai, Senhor, e agora?", os olhos fechados, a água escorrendo pelas têmporas. Uma imagem se formava atrás das retinas. A cena era vívida, aterrorizadora. Ao longe, os anfíbios soviéticos desembarcavam na praia do Boqueirão, em Santos; divisões inteiras armadas de AK-47s, as flâmulas escarlates em punho, escalavam a serra do Mar em direção à capital dos paulistas. Como num filme de Eisenstein, por entre os tufos de fumaça, a foice e o martelo tremulavam no alto do prédio do Banco do Estado de São Paulo. O seu apartamento no largo Padre Péricles, o sofá de couro e a geladeira Continental, nova em folha, coletivizados pelos sovietes. Ieda, e sua tosse hemóptica, compartilhava compulsoriamente os cento e vinte metros quadrados, adquiridos com o suor de sua labuta, com mais quatro famílias de proletários. Ela escorrida em lágrimas, espremida no canto da sala, inepta para qualquer trabalho, esperando notícias do marido que fora "transferido" para um Campo de Reeducação em Caieiras, onde vinha sendo submetido a torturas físicas e psicológicas, num exercício constante de lavagem cerebral. João se desesperava. Precisava reagir. Transformar-se em bastião da moralidade, dos bons costumes, das forças conservadoras. Não era essa a incumbência que Ele lhe dera? E se liderasse um levante contra os soviéticos? Uma resistência partisana encabeçada por Carlos Lacerda, no campo civil, e pelo Marechal Lott, no militar; resistência encampada pelos verdadeiros democratas da nação. Milhares e milhares de estudantes, homens de bem, cristãos, tomando a praça da Sé, se insurgindo contra a supressão da liberdade de expressão, a proibição das práticas católicas e o partido único. João estremecia ao acompanhar o avanço lépido dos tanques soviéticos deslocados da fronteira com o Paraguai a fim de esmagar o levante conservador-cristão. A polícia secreta de Luís Carlos Prestes atuava no serviço sujo da contrainformação, dedurando os líderes e os infiltrados. Quantos assassinados no calor da hora? Algumas centenas? Muitos deles jovens universitários, meninos e meninas mal-saídos dos cueiros, outros tantos padres e senhoras distintas da TFP. Ieda, coitada, escarrando plasma, assustada com o retumbar dos obuses despejados sobre a população. João contemplava horrorizado o sangue que, ironicamente, como um espelho simbólico da infâmia, manchava de carmim o pavimento; sangue misturado às excreções de pavor e suor.

João tirou a cabeça da pia e olhou ao redor. A visão turva o impediu de divisar o espaço físico do vestiário. Só enxergou um vazio. Finalmente, conseguiu distinguir a silhueta de um vulto humano que, decidido, se aproximava em sua direção. Assustou-se com o que acreditou ser um dos esbirros que disciplinavam os reformados no campo de Caieiras. João encarquilhava o corpo como que para se defender da violência iminente, com as mãos espalmadas à frente, implorando uma mercê. Na posição quase fetal, tomava consciência de como era covarde. Fosse para perecer sob o braço autoritário, que este o esmagasse não como um rato; mas que o punho opressor encontrasse a renhida resistência de um Cristão, de um Conservador, de um Húngaro, arvorado nos princípios mais caros da fé. Este homem, este "Homem", tornar-se-ia o símbolo martirizado da reconquista. Desencarnado em forma de ideia, ele, João, juiz de futebol, seria a força motriz que ressuscitaria a insurreição. Como consequência de sua morte redentora, lideraria um séquito de valorosos resistentes, que se multiplicariam em legião, entoando a força de seus ideais, carregando os estandartes com sua efígie, pleiteando, no futuro de paz, sua canonização. Erguia-se devagar. Acreditava ser o Davi. Nas mãos, escondia uma funda. E assim, investido da força do Rei, mantinha-se crédulo, com o coração junto aos seus, de que a resistência renascida lograria seus objetivos; de que o movimento dos justos sairia vitorioso porque abraçado estava pela glória de Deus: a reprodução da eterna batalha do Bem contra o Mal. Além do quê, ele, João, também tinha sido tocado a abrir o Mar Vermelho com o seu cajado, com o seu apito. Investido pela mão de Deus a ser Seu portador.

Durante um instante, João pôs-se a encarar, destemido, o opressor. Ameaçou asseverar, em voz firme, que não haveria de se repetir no Brasil a mesma barbárie que se passou na sua Hungria natal. "Aqui não tem vez um Quatro de Novembro de 1956!", bradava aos seguidores. Sua Budapeste se materializava numa Canaã imemorial, pulsando com os milhares de insurgentes, arremessando a própria carne contra o aço do Exército Vermelho. A seu lado, a figura de Lázló Rajk, agigantado sobre o púlpito, na entrada da praça do Parlamento a inflamar a população contra o repressor. Ouvia, lá ao longe, o eco dos versos de Petöfi, *perante Deus, nunca mais seremos escravos...*, multiplicado por um angelical coro de vozes familiares, ao mesmo tempo que ajudava com as próprias mãos o povo húngaro em fúria a derrubar a estátua de Stálin. "Nós morremos pela Hungria e pela Europa..."

João esforçou-se para manter a postura ereta. A coragem, porém, não obstinava se sustentar. João pressentia uma vaga de lassidão invadir o corpo. A derrota, como sempre, se mostrava inevitável. João passava a lastimar o massacre sofrido pelos húngaros em 1956. Resignava-se diante da derrocada dos puros de coração, dos tementes a Deus, dos irmãos da salvação. João padecia com o desmoronamento de cada centímetro do tônus muscular que, com tanto esforço, amealhara para enfrentar o inimigo. No âmago, sabia que não tinha tino para herói. Era um reles juiz de futebol, carcomido pelos anos que avançavam, condenado a cuidar de uma esposa doente. Se 50 mil bravos magiares não foram capazes de manter acesa a chama da indignação, não seria ele, João, que sacrificaria a vida contra um moinho de vento. Verdade que sofreu com os mortos, os presos e os desaparecidos, destroçados pelo comunismo. Mas daí a desembainhar a espada... O sonho da liberdade é fogo-fátuo. Só sobrevive enquanto ideal. João reconhecia o revés diante do infalível rolo compressor da História, da mão pesada do destino imposto por leis e normas inexoráveis. Inútil procurar Seus desígnios. Deus tem Suas razões para nos punir.

Foi tomado por esse pensamento, de certa forma apaziguador, pois suprimia de seu arbítrio o controle das ações e o futuro de seu destino, que João, como quem rasteja aos pés do algoz, desfaleceu diante do bandeirinha, que, pela quarta vez, pedia licença para usar a pia.

Quando deu por si, encontrou a expressão grave do médico do Corinthians a poucos centímetros de seu rosto. Piscou os olhos com força, como que para se desfazer dos últimos traços da vertigem. Atrás do doutor, ele identificou os auxiliares de pé, já uniformizados. O médico ajudou João a soerguer-se e perguntou sobre seu estado. Ele realmente se sentia melhor. Justificou o desmaio como queda súbita de pressão. Tinha comido pouco no almoço. Faltava-lhe sal. Mentiu que nunca tivera esses episódios, que não haveria necessidade de preocupação. O diretor da FPF, também presente, ponderou que haviam tentado acionar outros juízes para substituí-lo, mas, assim, em cima da hora, não puderam localizar ninguém. Nesse momento, João recobrou o estado de espírito. Empurrou os delírios revolucionários para longe. Não podia abrir mão de trabalhar naquele jogo, à beira de uma Copa do Mundo. Uma chance única como aquela. Em poucas semanas, viajaria com a delegação do Brasil e levaria Ieda a tiracolo. Tinham programado inclusive uma espécie de segunda lua-de-mel em Portillo, na esperança de arrefecer o sofrimento da esposa. Com algum esforço, João mostrou-se fagueiro, garantindo que estava apto para a função. Voltou apressado ao banco onde estavam seus apetrechos, marcou passo lépido, precisava demonstrar segurança. No entanto, no meio do caminho, titubeou, e tropicou nos próprios pés. Imaginou que a cena podia parecer burlesca aos olhos daquela plateia incidental: um homem de meia-idade com o uniforme amarfanhado, de meias, bamboleando minutos depois de ter sido acometido de um surto. Tentou consertar o vexame. Fingiu que tinha sido um lanço proposital. Aproveitou o rebote da rebolada involuntária e emendou uma espécie de pirueta, seguida de um som que lhe pareceu apropriadamente circense. Claro que o movimento foi mambembe, com a graça de um paquiderme bêbado. Percebeu, no meio da execução, como tinha sido idiota. Teve tempo de amortecer a queda com o braço direito – suprimiu à custa o grito da dor aguda que sentiu no punho –, evitando o tombo grotesco. Finalmente, ajeitou o prumo e seguiu para onde estavam suas coisas. Não ousou se virar. Terminou de se vestir, juntou o que faltava. Não havia tempo para a oração diante da Nossa Senhora. A partida estava para começar. Sem falar com ninguém, João se dirigiu à saída do vestiário. Estacou alguns segundos antes de tomar a escada que o levaria ao gramado, à vista dos milhares de torcedores que já se apinhavam nas arquibancadas.

Nem quando era um iniciante, nos primeiros jogos que apitou na segunda divisão, experimentou aquele estado de alma. Tentou subir o primeiro degrau, mas uma força contrária o impedia de levantar o pé. João travou os músculos do maxilar e apertou os dedos, encravando as unhas nas palmas da mão. Sob o escudo da FPF, o coração batia mais acelerado. Vai falhar de vez... De novo, invadiu-o aquela sensação cada vez mais presente, que não conseguia antecipar ou explicar.

Precisava domá-la a qualquer custo. Escalar a trote a escada para se desincumbir do seu trabalho. "Sou o melhor árbitro do Brasil! O melhor árbitro do..." O nome da pátria repicou desde o palato até a traqueia, roçou as cordas vocais e retrocedeu, sendo engolido pelo diafragma. A constrição no intestino foi aguda, como a da sucuri que esmaga o bezerro antes de engoli-lo; anel a anel, o órgão contorcia-se numa cólica voraz. "Ô, capeta", emitiu num grunhido de agonia.

João ainda virou para trás. A ação visava a dois propósitos: verificar se havia alguém no seu encalço e medir o tempo necessário até voltar ao reservado. Como fosse Cosme e Damião, a dupla de bandeirinhas caminhava lado a lado a cinco passos do juiz. Um deles ria debochado. Pelos ouvidos de João entrou inadvertido o teor da conversa: falavam de uma costureirinha que atendia no Brás. A gargalhada do segundo abafou o *ratatá*, ruído de trombone enguiçado, que escapou pelo ânus de João, seguido de uma pasta de fezes, cuja consistência lembrava a do cimento chacoalhado no basculante. João sentiu a quentura descer pelo interior da coxa; parte da enxurrada se agarrou na meia três quartos e invadiu os rebordos da chuteira. Quando inspirou o ar que – infelizmente – o manteria vivo, João entrou em contato com o vapor sulfúrico, de um fedor de curtume.

Ao se esparramar pelo chão, numa poça irrefreável, sob a influência dos raios de sol que inundavam a boca do túnel por onde saíam os juízes – do sol que às duas e quarenta e cinco da tarde daquele domingo de outono paulistano começava a baixar e ser coberto pelo toldo das nuvens –, ao se esparramar pelo chão, enfim, a torrente de merda que não se apegou ao corpo e às roupas de João assumiu uma tonalidade iridescente, como um majestoso arco-íris marrom-escuro. João não se deixou deter na contradição de seu pensamento, pois todo aquele lapso não durou mais de dez segundos. Ainda assim, mesmo sem compreender como ou por quê, era a beleza daquele monturo desfeito em si mesmo que João admirava antes de voltar correndo ao vestiário.

O serviço de alto-falantes do Pacaembu informou ao distinto público que por motivo de força maior o jogo atrasaria dez minutos. Às três horas e oito minutos da tarde, com os times já em campo, o árbitro e os bandeirinhas – João um pouco à frente dos auxiliares – adentraram o gramado. Foram recebidos por uma vaia estrepitosa, muito além daquela tradicional, naturalmente reservada aos "sopradores de apito", conforme o jargão depreciativo se referia aos juízes. Naquele momento, estava claro para os torcedores que a responsabilidade pelo atraso devia ir para a conta do trio. João sempre se incomodou com os xingamentos. Os impropérios o abalavam para além do aceitável. Tomava-os como uma ofensa pessoal. Nunca foi capaz de separar a persona de juiz de sua identidade mais íntima. Ambas se confundiam. Os insultos lhe cortavam na carne. Era incapaz de compreender ou de aceitar a crueldade das pessoas. Por mais que praticasse um exercício de abstração, não conseguia sublimar completamente as injúrias. Tentava fazer ouvidos moucos. Cantarolar uma canção, pensar em Ieda, orar. E quanto mais vazio o estádio, pior, pois aquele ganido solitário, do arquibaldo embriagado, chinelo de dedo, pendurado no alambrado, possuía o gume da navalha. Em épocas passadas, as afrontas eram mais cândidas, quase pueris. De algumas delas, depois de tantos anos de janela, podia até achar graça:

"Cooooorvo, safaaaaaaado, morféeeeetico, ladrãaaaaaao". Fazia alguns anos, entretanto, talvez pelo esgarçamento da moral e dos costumes, pelo avanço fulgurante dessas ideias de corar pedra, mulheres usando calça comprida, a pílula anticoncepcional, o descaramento sem fim – além, é claro, do indecoroso ideário comunista aterrando os princípios mais sacrossantos da família, de Deus e da propriedade –, que os limites da vergonha alheia foram ampliados. Não havia mais refreio ou temperança no comportamento do cidadão comum. Ultimamente, todas as vezes que entrava em campo, era saudado com os desacatos mais cabeludos. Dentre eles, havia um ultraje que conquistara a preferência das arquibancadas. Era entoado no mesmo instante que os juízes apontavam no gramado. Ao receber essa grosseria – a mais infame –, João sentia vontade de chorar. "Filha-da-puta-filha-da-puta-filha-da-puta."

Foi com esse grito figadal que a arquibancada recebeu João naquele domingo à tarde no Pacaembu, expelido a pulmões ainda mais obstinados devido ao atraso da partida. Mas – misericórdia – tanto mais forte foi o conluio uníssono, mais rápido ele se dissipou. João suspirou com a interrupção inesperada. Teria sido Deus que pleno de piedade conspirou para o alívio depois daquele dia de cão? Discretamente, elevou o olhar ao céu, a abóboda anil que cobria a cidade, tingida de cinza das nuvens ameaçadoras. Milagre, queria crer. Aproveitou para se persignar enquanto rezava o "Salve-Rainha". Entretanto, no fundo, bem lá no fundo, João sabia que é do silêncio que o mal germina: o silêncio é a fábrica do Tinhoso. Sua sina, resignava-se, era a da provação. Pois que, em substituição à injúria de costume inoculada naquele oco inaudito, vinha emergindo outra, muito mais vexatória, um adjetivo *ad hoc*, provavelmente gerado no mais insondável exercício de intuição coletiva, com a participação decisiva, só podia ser, do Capiroto em pessoa (afinal, como eles poderiam saber?).

Aqui e ali, escutavam-se os primeiros apupos brotarem, ainda imperceptíveis para aqueles que estavam dentro do campo. O diz-que-diz foi se espalhando, ganhou corpo, adquiriu potência extra-humana, como um rodamoinho em rio caudaloso; o rodamoinho, a morada do diabo. O urro, por fim, avolumou-se na voz da massa. Era o povaréu que cantava, o estádio como um só, os do cimento e os das cadeiras, irmanados num abraço interclasse com o único objetivo de destroçá-lo. João conseguiu decifrar finalmente o mantra que eletrizava os espectadores. Não só ele: os bandeirinhas também compreenderam o pleno teor do refrão. "Por favor, não riam", implorou com timbre vazio. João abaixou a cabeça, a bola debaixo do braço, seguiu para o grande círculo sob o coro que zurrava. "Cagão, cagão, cagão."

João percebia a humilhação escalar seu corpo centímetro a centímetro, do tornozelo à perna, ao joelho, coxas, barriga, peito, pescoço. Finalmente, quando se aproximou dos capitães para a disputa do *toss*, seu rosto cintilava num escarlate ardido; João estava grená como a camisa do Juventus da Mooca. Zito, o capitão do Santos, fez a gentileza de perguntar se ia tudo bem. João tinha apreço por Zito. Sujeito sério, bom moço, um *gentleman*. Nem parecia jogador de futebol. Sua preocupação havia de ser sincera. João mencionou um genérico problema de família e recebeu a solidariedade do santista na forma de um afago no ombro.

O consolo, no entanto, durou até o momento em que se virou para cumprimentar o homólogo corintiano. Nesse instante, deu com o colosso de Ari Clemente, a boca cravejada de dentes imaculadamente brancos, a lhe sorrir. O frêmito que o percorrera naquela mesma manhã retornou com a visão viva dos minúsculos caracóis que brotavam da cabeça de Ari, os mesmos que João havia alisado algumas horas atrás. João sentiu a boca seca e pigarreou sem esboçar nenhuma reação. Por um momento, temeu por suas faculdades mentais. Vacilou diante do impulso de sentir na própria carne a maciez dos cachos que coroavam o zagueiro corintiano. Enquanto isso, a mão de Ari aguardava ao léu o desfecho do protocolo, na forma do cumprimento de praxe. Na cronologia do ritual, a suspensão do tempo ficou no limite do constrangimento. O sorriso de Ari começava a se desfazer pelas beiradas do lábio quando João esticou, irresoluto, o braço. O aperto foi másculo, dolorido. João sentiu a mão desfalecer envolta pelos dedos nodosos do outro. Não esperou o beque descerrar o gesto para se liberar daqueles tentáculos quase impudicos. João não recebeu do capitão do Corinthians condolências ou qualquer interesse pelo contratempo. Suas bochechas abrasearam ainda mais: era a figura de um homem derrotado. Uma raiva incontida desceu por sua espinha. João desviou os olhos do olhar de Ari antes que ele pudesse perceber a lágrima que os marejava.

Ao lado dos jogadores, João mastigava o ódio em forma de xingamento: "Filho da puta, ele sabe, sabe de tudo". Estava irremediavelmente perdida a liturgia do seu momento de brilhar. Os capitães prestando reverência, as atenções dos espectadores voltadas ao grande círculo. João, o dono da bola. João, o senhor do espetáculo. Mas esse... esse... tinha que estragar tudo. Para piorar, deve ser comunista, o safado.

Na confusão que o perturbava, João também se furtou de parlamentar sobre as boas normas de conduta que deveriam reger o espetáculo: o respeito aos colegas de profissão e ao público, a imoralidade dos palavrões, que, caso flagrados, seriam admoestados com tiro livre indireto, a atitude ética dos jogadores em campo, que, muito mais do que atletas, deviam ter consciência de sua função modelar na sociedade. João tinha para si que o juiz de futebol devia servir de mediador, dosando com sapiência a justiça das condutas dos jogadores, indo muito além da mera imposição das regras do jogo. Dessa função pedagógica, ele também tinha sido privado. O que restava depois desse fracasso retumbante? Sem alternativa, João sacou o objeto precioso do bolso do calção. Pelo menos o trilo seria potente, peremptório, másculo. Um ímpeto para reconquistar a confiança despedaçada. Dito e feito: como Éolo, assoprou a plenos pulmões o apito. O comando, ainda que tonitruante, mesmo que severo, rebateu inerte na concha acústica que emoldurava o gol de fundo do estádio.

Puta que pariu, o *toss*! Só então João se deu conta de que havia esquecido de empreender uma das missões mais lapidares de seu trabalho: a de lançar a moedinha para o alto e decidir o time a dar a saída. Diante dessa lacuna vital, os jogadores paralisaram, como fossem cães sem dono. Permaneceram distraídos em torno da pelota, que jazia acanhada no centro do campo. João percebeu a gafe. Tentou remediá-la com uma risada descontraída que, entretanto, desenhou-se tortuosa. Os capitães, no grande círculo, entreolharam-se. João podia cheirar o bafo acre da chacota conspiratória cruzando o ar, dos jogadores aos gandulas, dos gandulas aos repórteres e, finalmente, dos repórteres à plateia, que, munida de espírito zombeteiro, arauteou o terceiro estribilho da tarde. “Burro, burro, burro.”

A canja recendia para além das fronteiras do apartamento. E reconfortava na proporção inversa do declínio da temperatura naquele fim de dia. Quando chegou de volta do estádio, a bordo de um táxi, a noite já havia escurecido o largo do Padre Péricles. Ao menos contava com o bom-humor inesperado de Ieda. Contra os prognósticos, ela se entregara à faina da cozinha para preparar o jantar. Tão logo entrou em casa, João elogiou o espírito da mulher e o odor apetitoso da refeição. Sem se desviar da incumbência, ela perguntou o resultado do jogo. Ieda era corintiana. Discreta na medida em que um corintiano pode ser discreto. Um irmão dela tinha defendido as cores do time logo antes da Guerra. Mesmo na sua capa de mulher do lar, não conseguia esconder o contentamento com as vitórias e, em sentido contrário, a birra com as derrotas. Da sala, João estremeceu ao reconhecer que seria o portador da notícia aziaga. Quatro a um para o Santos. O resmungo que chegou da cozinha podia impeli-la a carregar o sal na sopa. "Que culpa tenho eu?", perguntou João para si. Não ousou levantar a voz e confrontar Ieda. O dia já tinha sido cascudo em excesso para dar vez a outra confusão. Em sua autoanálise, estava seguro de que fizera uma boa arbitragem. Após o titubeio inicial, foi capaz de controlar os nervos e levar a partida sem turbulências. Verdade que o desenrolar do jogo ajudou. Em vinte minutos, o Santos já havia enfiado três pregos no caixão do Corinthians (Pelé, duas vezes – o segundo, um golaço –, e Pepe, num tirambaço de falta que Cabeção aceitou). Depois, o Santos entregou a bola para o rival e descansou seus jogadores, grande parte deles convocada para disputar a Copa do Chile. A distensão foi imediata. Até nas arquibancadas o jogo perdeu interesse. No intervalo, metade da audiência se retirou, fugindo do frio e da garoa que havia engrossado. João também abraçou uma certa humildade que, sabia, havia lhe faltado ultimamente. Decidiu deixar a partida fluir ao sabor do destino, ao curso da insondável ingerência divina. Seu apito, entregou-o a Deus, e foi a vontade Dele que guiou suas decisões cruciais: apontou com convicção o pênalti que deu origem ao quarto gol, provocado pela mão na bola intencional de Oreco; anulou em cima do lance o segundo gol do Corinthians, aos quarenta e cinco minutos da etapa final, por carga faltosa de Ferreirinha no goleiro Gilmar. Após o término do jogo, Zito foi ter consigo para lhe desejar melhoras. João colocou na conta do Altíssimo a decisão de tirar Ari Clemente de campo, antes dos dez minutos, contundido por uma contratura na coxa. Foi Deus também, tinha certeza, que mandou a chuva enregelada esfriar a balbúrdia da arquibancada e descontar no coro dos hereges a crueldade com que o trataram. "É a ira Dele que chove, infiéis. É para aprenderem a não caçoar de um cordeiro de Deus." Quando assoprou o trilo derradeiro, colocando fim em mais um martírio corintiano, João fez questão de lançar um olhar maroto para a arquibancada. A distância da plateia impedia que se percebesse o sorriso escarninho. Mas, mesmo sabendo que aquela reinação ficaria para as Calendas, João manteve por longos segundos a postura desafiadora. "Bem-feito, papudos!"

Olhou para Ieda de través. Tudo o que mais ansiava era a canja quente, paz doméstica e a abençoada taça de vinho tinto no jantar. Os taninos ajudam a desobstruir as coronárias. Necessitava do coração firme para encarar a viagem até Santiago, as emoções de apitar um Mundial. A mulher parecia absorta, cantarolava diante do fogão. Até a tosse havia ralentado. A casa estava quieta, o olor da sopa preenchia os recantos. No ar, um aconchego se pareava do casal. Pela primeira vez no dia, ele experimentou um suspiro próximo da tranquilidade. A sensação de dever cumprido, os óbices ultrapassados com força de vontade, perseverança e fé. João ressentiu uma fagulha de felicidade transitar pelo corpo. Aquele instantâneo clamava por mais intensidade de tão precioso que se anunciava. Tratava-se de um sentimento tangível, concreto, muito além da quimera que costumava maquinar nos momentos de maior apertura. Ali, João não pensava mais nos episódios da tarde, nos insultos da torcida, na mofa dos bandeirinhas. Não pensava nos soviéticos nem em João Goulart. Até mesmo a caganeira aparecia como um deslize fisiológico incondicionado sem implicações de outras instâncias psicossomáticas.

A celebração veio na forma de uma ousada segunda taça de tinto e – por que não se permitir? – no apelo universal da música. João debruçou-se sobre o rádio. O aparelho ostentava lugar de destaque na casa, verdadeira peça de decoração. Encimava uma mesa de cedro, presente de casamento, ao lado da cristaleira com as medalhas e as placas de honra ao mérito que recebeu ao longo da carreira. À medida que percorria o *dial* com a minúcia de um relojoeiro, João balançava as ancas ao sabor do que o acaso lhe ofertava: um samba-canção de Francisco Alves, uma opereta de Offenbach, um chá-chá-chá. O ponteiro deslizava da esquerda para a direita até que finalmente aterrissou no alvo ansiado. Para demarcar o regozijo, João fechou os olhos, mordeu a ponta da língua e jogou teatralmente a cabeça para trás: "Que sorte!", o bolero era o preferido de Ieda. Na segunda faixa das ondas curtas, um caudaloso Roberto Yanés abrilhantava a Hora de La Ternura na Rádio El Mundo de Buenos Aires. Conduzido pela voz do cantante, João foi se achegando na cozinha, singrava pela sala, corredor e copa, ladino como um gato, as pantufas a lustrar o linóleo, dois para lá, dois para cá, enquanto a cintura herdeira da malemolência enferrujada do Leste Europeu se esforçava para acompanhar os acordes de "Desesperadamente". Finalmente envolvida por seus braços, Ieda escandia a letra dolorosa, balbuciando os trechos que não conhecia de cor, *busco tu cariño, desesperadamente, pues* lalalala *tendré felicidad.* A colher de pau vadeava mansa pela canja, que fervia em grandes borbulhas. O frango, o arroz, a cenoura cortada em cubos, os temperos, acompanhavam o ritmo sensual do bolero. Dentro do bolso da calça, João percebeu a mão rechonchuda de Ieda bulir com o seu apito.

União Soviética × Colômbia
domingo, 3 de junho de 1962

No táxi, a caminho do estádio Carlos Dittborn, com as mãos entrelaçadas às de Ieda, João refletia sobre o que podia ter causado tamanha ira em Deus que justificasse Sua fúria contra o povo chileno. Falava-se em mais de cinco mil mortos e duzentos mil desabrigados, consequência do terremoto de Valdivia que engolira a terra dois anos antes. Em Arica, na fronteira com o Peru, os danos materiais foram de menor monta, mas, ainda assim, o sismo que rasgou as placas tectônicas a quinhentos quilômetros ao sul de Santiago afetou a vida em todo o país. O tremor, mostraram os jornais, marcou nove graus na escala Richter e foi o abalo mais potente registrado em toda a história. Um cataclismo de proporções holocáusticas ocorrido vinte e quatro meses antes do Mundial e que colocou em dúvida a capacidade dos chilenos de realizar o evento. Mas a prova da força de vontade daquele povo estava materializada ali, João foi testemunha, no orgulho do motorista que os conduzia ao estádio onde apitaria Colômbia e União Soviética pelo Grupo A do torneio. Uma vez no táxi, João não perdeu tempo em se anunciar como o árbitro brasileiro na Copa esperando receber do chofer alguma porção da reverência destinada a seus conterrâneos. Afinal, o Brasil chegava à Copa como favorito depois do título em 1958. Pelé, Garrincha e companhia arrastavam os corações do povo local, que adotara a Seleção como segundo time. A seu lado, Ieda parecia contente a despeito da crise de tosse seca da noite anterior.

Em vez de lhe enfunar o espírito, o rastro da vaidade que demonstrou diante do taxista provocou em João um tremor de ansiedade. Fustigou-o um certo arrependimento por ter cedido à tentação do pecado capital. Ficou mal consigo. Ao menos desde o Corinthians e Santos no Pacaembu, o último jogo em que atuara antes da viagem ao Chile, ele procurava levar a vida com mais ascese. Empreendia um exercício diário de modéstia, tendo abandonado as reflexões de ordem metafísica que haviam sido as responsáveis pelo (e estava bem seguro disso) piripaque que teve no vestiário. Passou a visitar com frequência a igreja, confessou-se com o padre Albano, resignado em receber, além da bendição, os arrulhos sobre as venturas do Palmeiras. Mais uma provação de humildade: João condescendia com o pároco, genuflexo, os olhos compungidos. Com os antagonistas políticos, mostrava-se mais tolerante. Abandonara as discussões sobre Jango e a Guerra Fria. Como Jesus, passou a ofertar a outra face.

Pois assim, embebido desse espírito de modéstia, nem bem deixou vazar o orgulho que lustrou sua voz ao se apresentar ao taxista como árbitro consagrado, João modulou o timbre para que retornasse aos pés da humildade:

— Sou um reles juiz, o senhor sabe...

Nisso, olhou de soslaio para Ieda a fim de verificar se a mulher mostrava algum sinal de aprovação pela postura cândida. Por alguns instantes, João convergiu a atenção ao teatro da rua que galvanizava o olhar da companheira. A rotina daquela cidade à beira do Pacífico não se diferia muito da azáfama que coloria as ruas de uma cidade qualquer no interior de São Paulo. Na velocidade do automóvel, as silhuetas em movimento não se firmavam com nitidez. Passavam homens de terno, mulheres com crianças, jovens em seus uniformes escolares. Notou que muitos transeuntes tinham a pele morena, os cabelos negros e lisos, os olhos apertados, no formato de amêndoas. Indígenas, ponderou. "Ainda assim", suspirou João, "somos todos filhos de Deus."

O taxista quebrou o silêncio momentâneo endereçando ao casal muitos elogios aos amigos *brasileños*, que ajudariam o país a se recuperar do terrível infortúnio.

— *Una tragedia* – continuou o chofer –, *parece que Dios nos ha abandonado.*

A declaração calou fundo em João. Melhor dizendo, ele se afetou com a blasfêmia ao ponto da quase revolta. Sentiu ímpeto de consertar o desatino do interlocutor, mas engoliu a seco o remarque. "Nosso Senhor é soberano e tremendo, o seu poder; é infinita sua sabedoria", teria admoestado o taxista com o versículo 5 do salmo 145. Preferiu comentar com Ieda sobre os aspectos geográficos da paisagem. A secura extrema, a poeira que revolvia no ar. Não fazia tanto frio como em Santiago e o oceano resplandecia o sol do fim de outono. João sublinhou a beleza insólita do sítio: o deserto árido banhado por aquele colosso de água. Tornou a pensar nos desígnios de Deus para arquitetar tamanho contraste. Chegou a ensaiar um chiste, que não vocalizou – onde Ele estava com a cabeça? – enquanto admirava o turquesa do mar. Por mais que evitasse, seu pensamento flanava à deriva. Era só dar uma brecha que suas preocupações erravam para longe do pragmatismo cotidiano, tão necessário para manter os pés no chão. Obrigava-se a se concentrar no comezinho: comer com parcimônia, cuidar de Ieda, trabalhar, temer a Deus. Esforço imenso, quase monástico. Volta e meia, João se pegava a especular sobre as escolhas Dele. Tornou-se um fardo a dedicação necessária para manter a fé nos dogmas, sem questionamentos ou perquirições. Aceitar. Aceitar o destino que não controlamos. Arbitrar. Arbitrar com neutralidade, sem se avocar a responsabilidade da Justiça.

O taxista insistia em dar corda à conversa lúgubre. Havia perdido parentes em Concepción. Uma tia e um sobrinho.

— *Está rabioso com los hombres, Él.*

João compreendeu que o desabafo era uma maneira de o motorista exorcizar o descalabro, colocar para fora a dor do inexplicável. Ele também havia compartilhado do desamparo da dúvida e, nos instantes mais agudos do sofrimento, da própria negação.

— Somos todos irmãos de Jó – disse em tom pastoral, pousando de leve a mão no ombro do taxista.

Novamente checou no semblante de Ieda se havia passado do ponto. A figura relaxada da mulher, que continuava entretida com a rua, tranquilizou-o. Será que procederia mal caso funcionasse como o depositário do alívio alheio? Afinal, considerava-se um bom conselheiro. Acometido de mais essa dúvida, João arrematou:

— O importante é não perder a fé.

O taxista buscou o olhar de João no espelho retrovisor e, de troco, recebeu um sorriso beatífico. O chofer, ainda sob seu escrutínio, se rendeu à prédica. Suspirou fundo e perguntou num tom exageradamente reverente, João notou, se podia ligar o rádio. Os acordes de uma melodia que João reconheceu na vaga categoria de "música andina" invadiram o carro. Tratava-se, segundo o taxista, de uma *cueca norteña.*

— *Nuestra canción típica* – explicou.

João achou graça na homonímia com a peça íntima masculina, em português. Trocou olhares envergonhados com Ieda, que também percebera a coincidência. Para fazer broma, João pediu ao taxista que repetisse o nome da *canción* típica e, no momento em que se certificou da correlação terminológica, iluminou o taxista sobre o motivo do riso pudico do casal. O chofer, por sua vez, disse que cueca, em espanhol, era *calzonillo* ou *ropa interior*, dependendo da formalidade. Todos riram – João com verdadeiro deleite – e na sequência se estabeleceu um lapso de silêncio que ele interpretou como sendo um vínculo de intimidade. João se sentiu realizado. Havia conseguido cumprir seu objetivo. Acalmara o espírito perturbado de um irmão de infortúnio. Tinha para si que fizera um exercício de contenção, de humanidade na acepção mais pura da palavra. Não havia ocupado Seu lugar. Ao contrário. Estava claro que João se colocou em pé de igualdade àquele humilde taxista chileno.

João podia sentir a atmosfera se afinar. Uma espécie de comunhão se estabelecia entre os dois à medida que o táxi avançava pelas ruas de Arica. O sol a pino esquentava seu corpo no limite do ameno. Ali, sentia a mão da Providência atuar. Apesar da proximidade do jogo de sua vida, João mostrava-se hábil em domar a ansiedade. O coração – sístole e diástole – controlado; a pressão arterial, imaginava, pulsava a 12 por 8; o intestino seguia manso, nenhum suor a inundar os domínios das axilas. Até Ieda respirava sem chiar. Foi o taxista o primeiro a abandonar aquele silêncio cúmplice que se estendia por detrás da penumbra da música. Avisou que estavam a cinco minutos do estádio. Buscou mais uma vez contato com os olhos de João através do retrovisor. E, num gesto de inopino, o taxista lançou um comentário sobre a partida de logo mais.

— *Los russos que se jodam* – praguejou em voz baixa.

João se espantou, sobrancelhas arregaladas. Localizou nas pupilas do outro o desprezo enrustido contra os comunistas; um nojo que não lhe permitiu censurar o palavrão proferido mesmo diante de uma senhora.

João estava a par das disputas políticas que arrebatavam as paixões dos chilenos no campo político. Um quadro muito parecido ao do brasileiro, em que a cizânia entre conservadores e comunistas se combinava com os humores cambiantes da Guerra Fria. De um lado, os partidos de esquerda, que orbitavam em torno da figura de Salvador Allende; de outro, o grupo de direita, que se constituía de democratas cristãos e juventude católica, engrossado pelo caldo intelectual dos economistas provenientes da Escola de Chicago. As eleições de 1964, que sufragariam o sucessor do moderado Jorge Alessandri, no poder desde 1958, se aproximavam e circulava o temor real de uma vitória de Allende, cuja campanha estava impulsionada pela desestruturação econômica e social causada pelo terremoto. Podia-se comparar Salvador Allende a uma espécie de Jango. Um político de ideias reformadoras que flertava com o bloco comunista. E, a exemplo do Brasil, João acreditava, a sociedade chilena padecia de uma secessão resoluta: dividia-se entre os aventureiros que abraçavam os ideais socialistas e a gente de bem, católica, tradicional, apegada aos valores familiares, que compreendia o perigo do avanço vermelho.

Ao escutar o reproche do taxista contra os russos, João não segurou o sorriso de satisfação, o qual compartilhou com Ieda, que – graças a Deus – não escutou o termo de baixo calão. Eis aí um homem decente, pensou. "Os russos que se fodam", e conseguiu segurar na ponta da língua o termo de baixo calão. Ao descer do táxi, desejou-lhe fraternalmente boa sorte e pingou uma gorjeta gorda. Foi recebido na porta do estádio por um diretor da Federação Chilena que, depois de despachar Ieda para a tribuna de honra, escoltou-o ao vestiário. Ali, João foi apresentado aos dois bandeiras que o auxiliariam na partida.

Por precaução, antes de sair do hotel, João autointroduzira um supositório de loperamida para garantir uma constipação segura. Estava confiante de que o intestino não lhe trairia dessa vez. Havia trazido do Brasil o santinho com a imagem de Nossa Senhora. Pediu a autorização aos bandeirinhas para colocá-lo sobre a porta de entrada.

O estádio Carlos Dittborn era acanhado; o vestiário, ainda que bastante asseado, muito desconfortável. Mal cabiam o trio e o oficial da Fifa que relataria a partida. Faltava mais de uma hora para o início do jogo, marcado para as três e meia da tarde daquele domingo, 3 de junho. Um pouco sem graça pela presença de estranhos, João se pôs de joelhos diante da Virgem, que, majestática, velava o vestiário de cima de seu pódio. Juntou as mãos em oração e fitou-a contrito. Baixou a cabeça e as pálpebras, agradecido pela bênção de estar lá, no píncaro da carreira, a alguns minutos da consagração máxima. Quem diria? João, filho de humildes imigrantes húngaros, elevado a árbitro internacional, escalado para apitar uma partida da Copa do Mundo. Não conseguiu evitar que o pensamento derivasse para os confins da memória, no porão onde arquivava os lances iniciais de sua trajetória profissional. Ainda de olhos fechados, sentiu o vento que soprava do rio Tietê, nas várzeas da Casa Verde, o cheiro doce daquele relvado meio selvagem, de intermináveis campos de futebol. Vislumbrava o jovem apitador, imberbe, toureando os cobrões do futebol amador de São Paulo, sem esmorecer, sem se intimidar. De repente, se viu dentro do coliseu, o estádio apinhado, os rostos desfocados em meio à multidão: era a primeira vez que apitava no Pacaembu, era um Palmeiras e Juventus, sob chuva grossa e trovões. Foi 2 a 1 para o Palmeiras? Ou teria sido empate? Difícil agarrar os fatos. Tanto tempo atrás...

Imerso no caldo denso das lembranças, João teve a nítida sensação de que o manto azul de Nossa Senhora havia lhe roçado o rosto. Estremeceu com um arrepio de prazer proporcionado pelo toque sedoso da fazenda e cerrou ainda mais as pálpebras. No ápice, percebeu-se envolto pelo ventre virginal da Mãe de Deus, protegido contra todos os males do mundo. Sentia-se investido pelo poder do manto. Ele, João, também um filho de Deus. Dentre todos os árbitros brasileiros, tinha sido ele o ungido, assim como fora eleito Jesus Cristo, o filho de Maria Imaculada.

E, dentre todos os jogos da Copa do Chile, ele tinha sido escalado justo para arbitrar uma partida da União Soviética. Não seria esse um aceno inequívoco? Mais do que um aceno: não seria essa uma ordem divina na luta santa contra o comunismo e contra a arbitrariedade desses soviéticos filhos de uma puta? Quando reabriu os olhos, ainda ajoelhado perante a Santa, João escutava vividamente o retumbar do eco que vibrava na voz rouca do taxista: "*Los russos que se jodam, que se jodam, que se jo...*".

Quando os times entraram em campo, João mediu demoradamente os jogadores soviéticos. Todos eles brancos, espigados. A camisa vermelha com o mesmo acrônimo que estampou a carenagem dos tanques que arrasaram Budapeste em 1956: CCCP. Nunca na vida estivera tão perto de um russo. Teria algum deles participado da invasão? Sentiu um asco que lhe torceu o intestino. Acionou o esfíncter para se assegurar da eficiência do supositório. Sem se rogar, João cuspiu de lado com desprezo. Sabia que seria necessário esforço para manter as aparências. Não podia fraquejar ou demonstrar desgosto. Afinal, era um profissional. Chegou o momento do *toss*. Dessa vez, Ari Clemente não estava lá para arruinar sua apoteose. Apertou a mão dos capitães – Igor Netto e Efrain Sánchez. O cumprimento foi másculo, com denodo, para mostrar quem era o verdadeiro dono do picadeiro. João não pôde deixar de se intrigar com a suavidade da mão do soviético. Guardava a expectativa de que seriam mais ásperas, calejadas, típicas de um proletário ou de um camponês. Dos olhos verdes, dos cabelos loiros de Igor Netto resplandecia uma aura mansa, quase angelical. Reforçava essa impressão um suave odor de alfazema que seu corpo exalava. Num relance, achou que ele tinha um quê (pelo menos de perfil) de Humphrey Bogart. Talvez fossem o nariz aquilino e os olhos chorosos.

No momento da tradicional troca de flâmulas, Igor Netto ofereceu a João um ramalhete de flores silvestres e um broche de madrepérola com a reprodução do Kremlin em baixo-relevo. O presente inusitado o desconcertou. Sentiu o coração acelerar e, na sequência, engasgou com um pigarro disfarçado, sem encontrar o idioma adequado para o agradecimento. Mudo, ele apenas meneou a cabeça. Longos segundos se passaram antes que João tomasse alguma providência. Não podia dar prosseguimento aos trâmites com aquelas flores na mão. Em tempo, um oficial da Fifa chegou para socorrê-lo. João lutou contra a ternura que sentia brotar; lutou como um húngaro ofendido. Tentou bloquear o sentimento, convocando a crueldade inata dos comunistas, mas sentiu os pelos arrepiarem; tentou afastá-lo com as imagens do massacre em Budapeste. Esforço inútil: um sorriso pueril rasgou seu semblante; tentou reprimi-lo por meio dos estereótipos ainda mais pueris – são o anticristo, comem criancinhas –, mas os olhos marejaram involuntários. Nunca, nenhum jogador, em nenhuma ocasião, lhe oferecera nada de bom grado como retribuição aos serviços prestados em campo. "E agora vem esse russo safado..." João forçou a razão a dominar seu juízo. Haveria uma intenção secreta por trás do gesto generoso. Claro! Finalmente conseguiu domar a comoção: os olhos secaram, os pelos deitaram. Qual era a desse comunista que tentava mimá-lo? Não! Ele não cairia nos encantos daquela sereia. Conhecia os subterfúgios dos soviéticos, essas raposas. A sedução do Diabo que se veste de cordeiro para esconder a essência lupina. Com ele o estratagema não teria efeito. Vermelho de merda!

Salvo esse contratempo, rapidamente contornado, tudo parecia nos conformes. Verdade que o estádio não estava cheio. Longe disso. E a torcida decidiu adotar a Colômbia para torcer. João sabia, entretanto, que a missão dos sul-americanos era inglória. Os soviéticos tinham um timaço; dos melhores do mundo. Considerado pelos especialistas um dos favoritos a levantar o caneco. Haviam conquistado a medalha de ouro nos Jogos Olímpicos de Melbourne, em 1956, e a Eurocopa, em 1960. Apesar de terem sido massacrados pelo Brasil quatro anos antes, na Copa da Suécia, sua seleção mantinha a reputação intacta. Comentava-se que o futebol científico, desenvolvido nos laboratórios secretos de Moscou e vedado aos olhos do mundo pela opacidade da Cortina de Ferro, havia evoluído muito no último ano. Os boatos davam conta de que a mesma tecnologia de informação que em 1961 impulsionara Yuri Gagarin para o espaço, a bordo da Vostok 1, estava sendo empregada por Gavriil Kachalin, o técnico da seleção soviética. Já do time colombiano, João pouco sabia. Disputavam o primeiro mundial. Dizia-se que jogavam um futebol primitivo, sem organização tática, ainda que fossem comandados por Adolfo Pedernera, o grande ponta-esquerda do La Maquina, o esquadrão montado pelo River Plate na década de 50.

Com um pouco de atraso, João estava pronto a dar início à partida. Assoprou o apito, velho companheiro, que respondeu de imediato com seu silvo quase autoritário. A brisa fria do pacífico umedecia o ar seco de Arica. João pensou em Ieda, que estava nas tribunas, orgulhosa do marido: abençoada felicidade.

Durante os três primeiros minutos de jogo, parecia meio aéreo. Não marcou uma falta depois de um empurrão no meio de campo e inverteu um lateral. Foi tomando conta da situação conforme os jogadores também despertavam daquele estado inicial de inércia nervosa e entravam no espírito da partida. Surpreendentemente, a Colômbia tomava conta das ações. Controlava a bola com passes rápidos e deslocamentos, sem, no entanto, ameaçar o gol de Lev Yashin, o célebre Aranha Negra. A bem da verdade, João não se impressionara com o porte do arqueiro – vestido todo de preto. Conferiu-lhe até um certo desprezo. Esperava encontrar um gigante mitológico, de tamanho desproporcional. Para um goleiro, João estranhou, até que ele era bem franzino, embora fosse alto. No quesito guarda-metas, Manga, do Botafogo, tinha muito mais panca com aquelas mãos gigantes.

Os olhos de João estavam mesmo magnetizados pela presença de Igor Netto. Chegou a esboçar – em pensamento furtivo – algumas analogias daquela circunstância embaraçosa; no entanto, não teve coragem de firmá-las no córtex e assumi-las como possibilidade. "Amor à primeira vista." João deixou o clichê soterrado no inconsciente. Respeitados todos os pudores inerentes ao homem sério e íntegro que era, temente a Deus, bem-casado, o máximo a que se permitiu foi que a admiração por Igor Netto permanecesse num plano meramente estético-esportivo. João se satisfez em compará-lo a um bailarino, muito talvez pela notória excelência dos soviéticos nessa arte. *Bailarino,* de fato, servia como bom aposto para um jogador clássico. João associou o estilo de Igor Netto ao de Servílio – não por acaso, apelidado de o Bailarino –, atleta esguio, elegante, em cujos pés o capotão pesado parecia se transformar num balão de hélio. Servílio havia jogado no Corinthians nas décadas de 30 e 40 e era pai de Servílio de Jesus, que atuava no Palmeiras.

Com Servílio em mente, imaginando seu corpo delgado e suas feições bem-apessoadas, concluiu que não se comprometia ao empregar esse nome de guerra: Igor Netto, o Bailarino. Muito mais grave era o sentimento contraditório de se pôr a admirar um russo; um russo que muito provavelmente era um apoiador contumaz da política externa de Khruschov, responsável por aniquilar os seus conterrâneos na invasão de 1956.

Enquanto João matutava os dilemas existenciais, Igor Netto, nos dois primeiros toques que deu na bola, inverteu o jogo num tapa de primeira e, na sequência, deixou um colombiano sentado com um drible humilhante. A continuação dessa última jogada, Igor acompanhou com um trote elegante e, quase no desenlace, acelerou o passo numa corrida mais intensa, a cabeça ereta, como um corcel selvagem a galopar nas estepes.

O jogo se descortinava à sua frente. João imaginou o gramado como uma estepe russa. Do alto de suas pernas curtas, seguiu com algum esforço as passadas largas do capitão soviético até a entrada da área colombiana, onde, depois de uma pixotada do zagueiro Óscar López, a bola sobrou limpa para Ivanov, que acertou um chute seco no canto direito de Sánchez. Um a zero para a União Soviética aos oito minutos do primeiro tempo.

Não foi uma visão fácil de digerir os russos celebrarem o gol, ainda que o tenham feito de forma muito comedida, quase como um memorando a ser cumprido. Houve abraços e gritos de incentivo, mas a impressão de João é que eles se mantiveram no limite do protocolo. De qualquer forma, João rapidamente voltou ao meio de campo a fim de reiniciar a partida. No trajeto, na altura da intermediária, quase trombou de frente com Igor Netto, que recebia os companheiros com o mesmo entusiasmo de um chefe de repartição: um aperto de mãos e um aceno de cabeça.

Os colombianos deram a saída, trocaram três passes atabalhoados e logo perderam a bola. A pelota ficou com Igor Netto, que distribuiu o jogo mais adiante para Viktor Ponedelnik. Dessa vez, o capitão agiu como um maestro, regendo, com a batuta imaginária, para qual dos componentes da orquestra deviam entrar em ação. A bola, de pé em pé, passeava com a cadência de um balé de Tchaikovsky. Foi com essa metáfora inevitável – que o induziu, inclusive, a cantarolar o tema de "O lago dos cisnes" – que João assistiu à jogada do segundo gol da União Soviética, aos nove minutos: uma tabela de Ivanov com Chislenko, a infiltração, o drible em Anibal Alzate e um toque rápido por baixo de Sánchez.

Imediatamente, João procurou Igor Netto. A dois metros dele, parecia um mero espectador daquele espetáculo. À diferença que Igor estava autorizado a aplaudir. Ambos se viraram ao mesmo tempo e nessa contradança involuntária seus olhares se cruzaram. João tinha para si que conseguiu sustentar um semblante neutro, sem acusar nenhum sinal de admiração ou de respeito exagerado; entretanto, algum músculo facial deve tê-lo traído, alguma emoção deve ter brotado nas ranhuras da testa, alguma concessão deve ter escapado da sua máscara de compostura, pois imediatamente recebeu de Igor Netto um sorriso que interpretou como sendo de cumplicidade.

A vergonha se alastrou como uma metástase, do peito às extremidades; João a sentiu avançar tomando partes de seu corpo até fazer tremer os lábios que seguravam o apito.

O instrumento bambeou e caiu sem que ele tivesse tido tempo de recuperá-lo no ar. João mirou o público, atento para a reação que o vacilo pudesse provocar. Fosse no Brasil, uma rata dessa categoria desencadearia vaia vexatória. Em Arica, o ar permanecia rarefeito, o céu de um azul diáfano, a brisa fresca continuava a soprar do Pacífico. A plateia mantinha um certo enfado com o 2 a 0 a favor dos russos. João procurou a tribuna. Buscava avistar Ieda por lá. Estaria ela orgulhosa do marido, contando vantagem para os vizinhos? Por um momento, acreditou ter visto a mulher, de pé, com o vestido recatado e o casaquinho de tricô que ela mesma tinha tecido. Seria mesmo ela? De longe parecia mais velha. Uma senhora desenxabida, quase uma idosa. Muito distante daquela moça no limite do recato com quem se casara havia 25 anos, antes da tísica, antes do filho que demorou a vir, antes do mofo da rotina. João se lembrou do ardor sexual que inflamava os primeiros anos de vida conjugal. Era Ieda quem o procurava de madrugada, repuxando o corpo dele para cima do seu. Pedia para deixar a luz acesa e fazia questão de se despir inteira antes do ato. Nos primeiros meses, João mantinha os olhos fechados, o torso vestido com o pijama de flanela. Em meio ao alvoroço da esposa, se persignava em pensamento. Quantas vezes questionou-se se incorria em pecado? Padre Albano, na única vez que mostrou coragem de se abrir em confissão, tranquilizou-o explicando que o prazer não era interdito nas escrituras. Havia de se ler os salmos nas entrelinhas. "O livro é benevolente, tenha fé nele." Mas esse tempo ígneo havia expirado. Só fuligem morna e eventuais fagulhas restavam, condicionadas ao humor oscilante de Ieda. Era a instrução de Deus, fazer o quê?

João recuperou o foco da tribuna até fixá-lo na grama, onde caíra o apito. No meio do caminho, deparou com as mãos ternas de Igor Netto a lhe estender o precioso objeto, como se fosse uma oferenda. Daquele ângulo, João pela primeira vez se deu conta do formato fálico do apito: o bojo que acondicionava o badalo, à guisa de saco escrotal; o corpo largo e comprido, de anatomia perfeita para receber a boca. Para completar a cena lúbrica, do russo ainda recendia a bruma de alfazema, mesmo com o suor que tingia a camisa (do vermelho-vivo original, ela assumiu um tom mais sanguíneo). João demorou a tomar ciência do gesto. Não entendeu de pronto que ele lhe devolvia o instrumento de trabalho. Só após a insistência de Igor, traduzida num leve balançar do braço, é que João recuperou a dádiva. Mas o fez com os olhos baixos, como um adolescente que se embaraça diante do desejo personificado. João sentiu, então, a vergonha se transformar em raiva, uma raiva gradual que se manifestou na boca do estômago, revolvendo a bile e o suco gástrico que digeria o peito de frango, o arroz e o brócolis – o cardápio frugal do almoço.

Igor Netto mantinha o sorriso pregado no rosto com o desprendimento de quem fuma um cigarro no pós-coito. Imperturbável, roubou a bola de um colombiano assim que foi dada a saída. Ele o fez com a sutileza de um Don Juan que encanta as futuras vítimas com seu charme traiçoeiro. Só faltou o adversário agradecê-lo pelo gesto. O sorriso ainda riscava a silhueta do capitão soviético, que conduzia a pelota como o Matador a inebriar o touro antes do abate. João assistia ao espetáculo na primeira fila. Considerou-o uma desfaçatez; uma provocação a seus brios pios e anticomunistas. Era como se os russos adivinhassem seu mal-estar e, de propósito, o provocassem com evoluções dionisíacas – os bruxos rodando em ciranda desafiando sua credulidade. Igor Netto, a leveza de um fauno no *après midi* de um bosque parnasiano, armava o ataque certeiro, paralisando com sua flauta de Pã a ação dos colombianos. João estava enleado nesse ritual pagão. Não podia ser coisa de Deus. Era necessário tomar uma atitude. Precisava se livrar do feitiço. No entanto, enfeitiçado, não pôde evitar de se embasbacar com o terceiro gol soviético, aos onze minutos do primeiro tempo. Nem João nem os colombianos que, emaranhados pela rapsódia vermelha, bateram cabeça na marcação do meio-campo e, após troca de passes comandada por Igor Netto, permitiram Ivanov finalizar, livre, no bico da pequena área de Sánchez.

Três a zero em onze minutos significava o triunfo do futebol científico – e ciência temperada com pitadas de ateísmo –, pois só um povo ímpio poderia se entregar a tamanha lascívia futebolística. João ponderou que até Garrincha, na sua irreverência pela ponta direita, jogava com a inocência dos puros. Era sabido que não fazia suas estrepolias por malícia; ele folgazava com a inocência de um *putto* em retábulo renascentista. A pândega que aprontava com os marcadores fazia parte de sua essência. Os russos não, de jeito nenhum: eles eram tinhosos. Jogavam por ganância, jogavam com insídia. A verdade se revelava para João: por trás do jogo cúpido havia uma agenda oculta, a de espraiar o comunismo internacional. "Será que Deus está vendo?", perguntou-se, enquanto lutava contra o acirramento da dor estomacal. De soslaio, João reparou em Igor Netto. Finalmente, começava a escapar do encanto daquele demônio. Foi capaz de desvendar por trás da máscara de anjo a manifestação de um espírito maligno; conseguiu sentir, em meio às moléculas do perfume de alfazema, o fedor de enxofre; intuiu que o couro da chuteira encerada com esmero escondia, de fato, os cascos de bode. João arregalou os olhos, transiu-se de pavor e emendou o sinal da cruz.

Mas, nesse mesmo instante de penitência – tragédia –, o dique em seu diafragma cedeu e João não conteve o jorro que explodiu azedo. Um golfo de vômito engrossado se esparramou a seus pés. Uma erupção de três espasmos com intervalo de alguns segundos entre cada um. João calculou uns setecentos e cinquenta mililitros de líquido a se represarem numa poça, que o gramado, embora ressequido, não deu conta de absorver. Devido à força do golpe, João inclinou o tronco em noventa graus, sustentou o peso com as mãos nos joelhos, os olhos fixos nas ondulações do vômito, que se expandia. Demorou para recobrar o fôlego e firmar novamente a visão, turva pelas lágrimas. Ainda ofegante, a primeira coisa de que se deu conta foi a tonalidade do líquido, que cintilava entre o amarelo-manga e o bege. Em seguida, identificou o brócolis, uma réstia de ovo mexido, um naco de frango, grãos inteiros de arroz, o bagaço da toranja do café da manhã. Essas formações sólidas, que boiavam à deriva, compunham padrões estranhos, mas muito delicados, na turbidez do caldo. À medida que desfazia o foco dos detalhes e se concentrava na integralidade do conjunto, João começou a perceber que uma imagem se cristalizava em meio à barafunda geométrica, conforme a poça assentava no seu perímetro definitivo. João não pôde deixar de se comparar a um vate que lê o destino nas borras do café. Sentindo-se o próprio contramestre das bifurcações que conduzem ao futuro, ele não se admirou com a capacidade de enxergar na poça de vômito o esboço dos olhos, da boca, a sombra dos cabelos bastos, os fios de barba que nasciam do queixo, o formato de um rosto esquálido rodeado por um halo que adquiria brilho áureo – as borbulhas que ainda se formavam, como se fossem estrelas. De imediato, sobreveio-lhe a associação fácil com Jesus Cristo. Mas Deus era finório em suas parábolas. Não entregaria de bandeja o segredo. João sabia se tratar aquela imagem de um sinal, e o sinal não seria a figura do filho Dele. Só precisava discernir qual.

Os contornos da figura permaneceram, a partir de então, calcados na retina de João. E com ela um incômodo agoniante. O jogo mal ultrapassara os quinze minutos iniciais e João, oprimido pela dúvida seminal que o maltratava. Ele tinha consciência – agora na sua plenitude – de que Deus maquinava um plano para si. Não teria sido um mero acaso que Ele lhe tivesse concedido o dom de arbitrar, lhe dado à luz na Hungria, guiado sua família até o Brasil e, finalmente, o tivesse colocado naquele 3 de junho de 1962 em Arica para apitar um jogo da União Soviética. Ao mesmo tempo, precisava lidar com o livre-arbítrio. Via-se como um Dâmocles, cuja espada se figurava no apito que lhe pendia da boca. O poder, sabia João, traz a reboque a responsabilidade. Daí a necessidade de pesar as consequências de suas ações. Não adiantava afastar da mente a fórceps essas considerações, como havia tentado fazer depois da síncope que sofrera no Corinthians e Santos. Reconhecia que havia lidado de forma leviana com o *episódio* — o eufemismo que criara como autocomiseração. Cobertos por uma pátina de culpa, rosnavam arreganhados os seus temores e dúvidas pecaminosas a respeito de si, de Deus, do mundo. Todas as tentações em que tropeçava esmoreciam as convicções sobre as quais ele se equilibrava. Seus dogmas. Suas certezas. Se não bastasse o velo que brotava na cabeça de Ari Clemente, tão macio, a habitar seus sonhos; agora surgia essa deidade apolínea, os olhos de uma beleza transbordante, como a seiva que mina da carne tenra de um mamão formosa: Igor Netto. I-g-o-r.

Faltava Ieda. "O que me diria Ieda?", questionou-se João enquanto acompanhava com *nonchalance* um dos raros ataques colombianos. Como se retornasse lentamente de uma ausência, demorou-se a perceber o momento em que Antonio Rada recebeu um passe de Rolando Serrano na meia esquerda do ataque, gingou na frente da zaga e, numa enfiada afetuosa, encontrou Germán Aceros totalmente livre. O atacante, dentro da área soviética, girou o corpo e, com um chute de bico meio mal-ajambrado, venceu pelo alto o lendário Aranha Negra. Três a um, aos vinte e um minutos do primeiro tempo.

O gol sul-americano despertou os torcedores do que parecia ser um transe tedioso. Até o tempo se acelerou. João sentiu desanuviar aquela névoa arrastada, modorrenta, marcada pelo tique-taque da rotina dos gols soviéticos; neblina que o forçava a apertar os olhos para enxergar o que estava a um palmo de si. João podia agora apurar a visão, o horizonte aparecia cristalino, uma nitidez tão transparente que ofuscava. Conseguia ordenar as ideias até então embaralhadas, juntar os cacos do caos e encontrar algum sentido naquilo tudo. Não tinha mais pressa para alcançar as respostas. Pressentia que estavam a seu alcance. Num relance, percebeu Igor Netto passar à distância de um abraço. João se permitiu encará-lo. Focalizou seu semblante na caminhada do russo em direção ao meio de campo. Como um comandante de um batalhão, sobraçava a bola montado numa empáfia de romance de cavalaria. Não demonstrava estar abalado com o tento sofrido. Ao contrário. Dava ordens aos companheiros, distribuindo funções.

Conforme os minutos avançavam para o fim da primeira etapa, João testemunhou uma a uma as feições do capitão soviético descascarem como as folhas que despem a alcachofra. Em câmera lenta, ele assistiu aos vincos do rosto de Igor Netto aplainarem até se transformarem no rascunho andrógino de um manequim. Por sobre o molde cru, o formato de uma outra figura se compunha. Eram os vestígios ainda abstratos da imagem que João visualizara na poça de vômito que passavam a se materializar numa silhueta que pouco a pouco se tornava familiar. Até que – glória a Deus! – fez-se a epifania. Em cima do corpo espigado, suado, vestido com a camisa 10 da CCCP – João podia identificar agora com uma nitidez ofuscante – fulgurava a cabeça de São Luiz, rei de França, o rei taumaturgo, perseguidor de hereges, o rei mendicante.

Aos quarenta e cinco minutos cravados, João pôs termo ao primeiro tempo. Precisava acalmar a respiração, acelerada depois da transfiguração que acabara de testemunhar Sem falar com ninguém, correu para o vestiário. E, a fim de evitar qualquer contato, trancou-se no WC. Sentado no vaso, deu-se conta de que precisava aliviar a bexiga, mas ficou constrangido de colocar em prática ato tão pedestre naquele momento de solenidade. Afinal, não era todo dia que alguém era tocado por uma anunciação de tamanho quilate. Se estava esperando um sinal, a presença de um santo do topo da hierarquia hagiográfica não poderia ser um aviso mais inequívoco. A mensagem que São Luiz lhe trazia, João inferiu, não dependia de decifração de arcanos. Bastava um nível intelectual razoável, o qual – João se vangloriava – ele tinha de sobra. São Luiz, rei de França, aquele que comandou as cruzadas contra os infiéis, invadiu a Terra Santa e espalhou a palavra de Cristo. São Luiz, que agora soprava ao pé de seu ouvido: "Vai, João, vai honrar tua vocação contra esses hereges de vermelho". E João sentiu o corpo estremecer, ouriçado pelo bafo abençoado que lhe roçava de leve a orelha. Um arrepio desceu do ventre até encontrar o esfíncter responsável por conter a urina que se avolumava. Não teve como evitar o chamado da natureza. João mal teve tempo de abaixar o calção. O jato amarelo-canário explodiu na porcelana e se misturou com a água no fundo da privada, criando uma composição cuja cor viva do centro ia perdendo gradação à medida que se aproximava das beiradas. João observou as ondulações centrífugas que as últimas gotas causaram quando ele chacoalhou o membro antes de guardá-lo.

Já recomposto, João verificou o relógio. Os quinze minutos regulamentares de intervalo se esgotavam. Ele, então, deixou o reservado com a alma renovada e ânimo reforçado pelo adjutório celestial. Ao passar pelo vestiário da Colômbia, conseguiu entreouvir pela porta fechada uma música cantada a capela. Presumiu que seria o hino nacional, entoado a plenos pulmões pelos jogadores. "Que patriotas", comentou consigo, "levando um baile em campo e ainda têm ímpeto para saudar o país." Embalado pela esperança dos colombianos, João subiu confiante as escadas do túnel. Não mais como o condenado que assoma ao patíbulo, sentimento que o inundou no jogo do Pacaembu; mas como o general que sobe o promontório para comandar as tropas. Logo adiante, avistou Igor Netto puxar a fila dos russos que voltavam a campo. Andava como quem marcha, com tino marcial, impávido em seu orgulho de soldado. Sobre o pescoço, não mais reluzia a efígie de São Luiz. Mesmo a pinta de Humphrey Bogart se estilhaçara em cacos. João riu ao reconhecer, no lugar, a caricatura de Mazzaropi. Pareando-se com o capitão russo, murmurou em sua direção sem deixar de fitá-lo: "É, jacaré", e abriu um sorriso cínico, "podes esperar que tua lagoa há de secar".

O gol colombiano no fim da etapa anterior não alterou a dinâmica da partida. Bola com os soviéticos, que trocavam passes com certa preguiça. Igor Netto continuava a ditar o ritmo de jogo, mas João não se impressionava mais com a performance do russo. Estava ansioso, isso sim, pela concretização da profecia. Atentava para a manifestação da presença divina. E, de tanto esperar, se surpreendeu com o quarto gol dos comunistas, que tramaram a jogada com o enfado de quem lê a lista telefônica. Para variar, Igor Netto iniciou o lance pela meia esquerda e tocou para Ponedelnik; o camisa 19 tabelou com Ivanov, recebeu a bola na entrada da área, driblou um beque adversário na corrida e, na saída de Sánchez, rolou por baixo do goleiro. Aos onze minutos, o 4 a 1 colocava à prova a fé de João. Deus escreve certo por linhas tortas, resignou-se, enquanto mirava desolado o firmamento anil do deserto chileno.

João vivenciava um dilema. Ponderava sobre quais os limites lhe seriam consentidos quando fosse interferir no resultado do jogo. Ruminava essa questão de fundo teológico e filosófico enquanto deixava a partida correr seu curso. Quem sabe Ele, na Sua infinita sabedoria, não resolvesse a questão *in situ*? Ou será que deveria João lançar mão de seu tirocínio a fim de colocar em prática Sua vontade? Ser ou não ser?

João reproduzia o dilema de Hamlet quando, num ataque besta da Colômbia, a zaga russa colocou a bola para escanteio. Marcos Coll se ajeitou para a cobrança no *corner* esquerdo. Com o pé direito, desferiu um chute chinfrim, um traque que mal arrancou poeira do chão. João não se conteve e xingou o sujeito. "Vai chutar bunda de vaca", arrematou.

Assustou-se com o volume do impropério, que escapou mais alto do que o desejado. Mal o palavrão se desfez no ar, a bola, quicando despretensiosa, enganou o zagueiro soviético que cobria o primeiro pau e entrou, mansinha, no arco de Yashin. Um gol olímpico. Gol esquisito, absolutamente involuntário. Antes de se voltar ao meio de campo para o reinício, João flagrou a bronca que o Aranha Negra tascou em Georg Chokheli por não ter interceptado o arremate. Não contente, o goleiro aplicou um pontapé na trave que, pela violência, deve ter machucado horrores o dedão do pé direito. Por mais que quisesse, João não conseguiu conter o riso de deboche, que abafou levando o apito à boca.

Com o lance na memória, João estava seguro de que a falha bisonha de Chokheli não tinha sido casual. A imagem era a de um marionete manipulado por cordas invisíveis que o forçavam a realizar movimentos alheios à sua vontade. João mais uma vez procurou o céu com a esperança de cruzar olhares com o Titereiro. No fundo, especulava se a ação inesperada do zagueiro soviético tinha sido causada por sua própria força de vontade ou se Deus é quem fora o verdadeiro artífice da jogada. João decidiu dar azo às hipóteses. Nos minutos seguintes, tornou-se um mero espectador do jogo, que avançava sem muitas emoções. O time colombiano irritava de tão fraco, e os russos jogavam com a eficiência de um cirurgião. "Desse mato não vai sair cachorro", pensou. Compreendeu que o Divino testava seu fervor. Achou por bem ser mais proativo na força de vontade. Passou, então, a impulsionar mentalmente os colombianos, ainda que a missão – acreditava – colocasse em risco seu coração, que sentia estar batendo um pouco fora de compasso. Era preciso, principalmente, manter a discrição. As arquibancadas permaneciam bocejando enfado. Mesmo assim, a cada vez que os colombianos recuperavam a bola, o que era raro, João se unia em espírito aos esforços vãos e atabalhoados. Foi com muita perseverança que alentou Rada, o melhorzinho deles, em dois ataques que deram n'água. Também se uniu a Aceros numa desabalada carreira pela ponta esquerda que culminou num cruzamento perigoso. João se surpreendeu com o desfecho da jogada que havia auxiliado a construir. O quase gol lhe acendeu o ânimo. Acreditava que só faltava um grão maior de esforço naquela profissão de fé. Vislumbrava a espada de São Luiz a guiar o caminho rumo à Terra Santa. Até que – enfim –, numa jogada pela meia esquerda, Marcos Coll dominou a bola contra a marcação de Igor Netto; logo ele, Igor Netto, que apenas observou o adversário. O colombiano tocou mais à frente para Marino Klinger que, na linha da grande área, se enroscou com Maslyonkin, mas conseguiu levar de vencida a jogada e, quando Chokheli apareceu na cobertura, tocou por entre as suas pernas. A bola sobrou para Gonzalez, que chutou contra o corpo de Voronin; a pelota, então, espirrou caprichosamente para a marca do pênalti, onde encontrou a patada de bico de Antonio Rada, suplantando o goleiro Yashin. O cronômetro marcava vinte e sete minutos; o placar, 4 a 3 para a União Soviética.

João estava no caminho certo. Agora podia ter certeza. Ao apitar o reinício do jogo, invadiu-o a serenidade dos sábios; daqueles que têm consciência da própria sageza. Não se incomodava mais com a imodéstia nem com a dúvida se havia tomado o caminho certo na bifurcação onde se encontrava. À sua frente, o sendeiro se iluminava à medida que ele avançava rumo à libertação completa. Sentia que controlava o tempo e o espaço; e o fazia apenas com a força da mente. Era questão de paciência desagravar os antepassados, a Hungria, a decência.

Suas armas eram o poder de sua crença, o amor que tinha a Deus e – deixemos de ser hipócritas – o ódio aos comunistas, a Ari Clemente, a João Goulart, a Igor Netto, às fezes líquidas expelidas por seu intestino, à doença que deprimia o pulmão de Ieda. No centro do gramado, enxergava todas as suas nêmesis perfiladas e fuziladas por pés colombianos.

João, juiz de futebol. Finalmente, Ele.

João colocou a mão em aba na testa, apertou os olhos e mirou a tribuna. Precisava compartilhar aquele sentimento com Ieda. Queria estar a seu lado. Abraçá-la em comunhão depois de tudo que haviam passado juntos. Então, como se fosse uma folha morta de outono que levita com a lufada de vento, João percebeu o espírito leve; tão leve que sentiu o corpo se erguer do chão e ganhar altura, pairando sobre os jogadores. Do alto, podia apreciar o ponto de vista privilegiado, panorâmico, que englobava todo o campo, o estádio Carlos Dittborn, mambembe em sua grandeza, o público chileno em pé, lustrando o brio dos colombianos. Suspenso, montado nas asas de São Luiz, pôde visualizar a gênese do lance; mais do que isso, podia comandar com seus cordéis os jogadores. O mundo se abstraiu. Só o que via era a relva, o contorno das quatro linhas brancas, Marco Coll, que arranca de sua área carregando a bola, um alazão, coxas rijas, os músculos marcando o galope.

Entoados desde os confins do éter, soavam os compassos vigorosos de Béla Bártok. A força dos metais da orquestra angélica que tocava os acordes de "O mandarim miraculoso" estufava o ímpeto magiar de João e compunha a trilha sonora da vingança que se descortinava na ponta da chuteira dos sul-americanos. De cima, o campo parecia um terreno de batalha: os soldados à espera de seu comando. João, o marechal a reger o exército de Davi avançando pelo prado do Golias soviético, o *front* ocidental tomado, a bola nos pés de Marco Coll, que derrubou um inimigo atrás do outro, tombados à ponta de sua baioneta. Stalingrado se anunciava à frente com sua arquitetura cinza e triste. João não cometeria o mesmo erro dos que o precederam – Napoleão e Hitler não respeitaram os rigores do inverno do Norte. Em vez de se afogarem na neve, os soldados de João avançavam durante o ameno outono chileno, abatendo um a um os comunistas pelo caminho. Faltava o último bastião, Moscou, a Cidade

Invicta. E o artilheiro, número 20 às costas, avançava, pelota aos pés, destemido na batalha contra o Mal. De cabeça erguida, Marco Coll percutia as barricadas na periferia da capital comunista, atravessou o rio Moscou e às portas do Kremlin deteve o passo e lançou um míssil teleguiado por trás da linha de defesa dos russos.

De sua posição, João podia apreciar em todos os detalhes o desenrolar de sua estratégia sendo aplicada lá embaixo. A bola lambeu as pernas dos atônitos zagueiros vermelhos e pousou, oferecida, na entrada da área para Marino Klinger. O atacante mais avançado da vanguarda sul-americana se encontrava a dois metros da fortaleza do Império. À frente, apenas Yashin, a camisa negra, o CCCP ameaçador na altura do peito. Poderia aquele último blindado interromper, no momento final, sua glória? João continuava seguro de sua potência. Sabia que podia intervir no curso da História se o acaso o traísse outra vez. Quando Marino Klinger ergueu a cabeça para se localizar no flanco inimigo, deparou-se com o vulto do arqueiro soviético que havia largado a casamata como se fosse um cão fila raivoso atrás do invasor. Na ação precipitada, Yashin não fez jus ao renome e partiu atabalhoado em direção ao atacante. Klinger, meio sem querer, manteve a posse da bola, a qual, depois do contato, ganhou vida própria e ameaçou escapar pela linha de fundo, quicando no terreno irregular. O destino malogrado do lance parecia selado. Esvaía-se o último ímpeto do exército colombiano naquela investida malsucedida. Não haveria retomada do Kremlin, a derrota se desenhava: a bola cambaleava reticente, rente à última linha, como um condenado de olhos vendados contra o muro de fuzilamento.

Sobrevoando o campo, João tinha visão límpida do lance. Klinger, no último impulso do desespero, atira-se à bola, no afã de retificar seu curso em direção ao gol vazio. O movimento foi confuso e empoeirado. O jogador esparramado no chão não alcançou a bola com o pé esquerdo e, por isso, no desespero, acionou a outra perna, em vão. Como derradeiro recurso, lhe restaram os braços, cujo uso é interditado pela Convenção de Genebra, que regula as normas da guerra do futebol. João não atinou se foi acidente ou desespero que levou Marino Klinger a sobrepujar as normas éticas. O fato é que flagrou nitidamente o colombiano esticar o braço esquerdo e desviar a bola de sua sina sem fortuna: a vala comum da linha de fundo.

Gol da Colômbia: 4 a 4.

Ou, pelo menos, a bola penetrou o arco soviético. Cabia a João validar ou não o tento: o destino do mundo na ponta de seu apito. Seguiu-se a reação de praxe quando se instaura um lance capital e duvidoso. Sobre o estádio Carlos Dittborn baixou uma cortina de silêncio que durou a eternidade de centésimos de segundo. Só se ouviam as trombetas dos anjos que ladeavam João, montado na corcova de São Luiz. O tempo congelou o instantâneo da jogada numa fotografia para a eternidade. Na grande angular que o sobrevoo lhe permitia, foi possível a João observar o pasmo que se fixou no rosto de Marino Klinger. Os olhos quase fora da órbita, a boca semiaberta no vacilo de quem tem consciência de que infringiu as regras. Viu também Ostorvski, que disputou o lance com o colombiano, se levantando do chão com os dentes escancarados de fúria, o braço erguido a acusar a falta cometida pelo adversário: mão na bola. Nas arquibancadas, a torcida acumulava o ar necessário para o urro de júbilo com o empate.

Então, como o vórtice magnético que atrai a limalha esparramada sobre a mesa, todos aqueles milhares de olhos apontaram, ao mesmo tempo, para a figura do juiz. Pairando lá no alto, João juntou os seus olhos aos olhos à multidão e pôde flagrar, ali, paralisada na entrada da área, a silhueta de um homem de preto, com as pernas curtas e desengonçadas. Aproximando o foco do rosto daquela figura entristecida, João identificou a expressão familiar do terror. Os braços imóveis, o apito preso ao indicador curvado da mão direita, como se fosse uma criança perdida em meio ao estouro da multidão: o meninote na praça do Parlamento, em Budapeste, separado dos pais, a centímetros da lagarta impassível dos tanques soviéticos que avançavam sobre a Revolução de 1956. João sentiu uma compaixão avassaladora por aquele homem que lhe parecia tão familiar. Onde estaria Deus que o deixou à mercê do mundo, de Igor Netto com seu sorriso dissimulado e seu perfume de alfazema, da doença que carcomia Ieda, de seu próprio coração em frangalhos, de Ari Clemente e seu corpo viril? Quem protegeria sua alma frágil? João se viu vestido com os mesmos calções largos daquele homem, as ridículas meias três-quartos que escondiam mal as canelas brancas de tão húngaras. E, no *frame* seguinte, quando o tempo retomou seu compasso e finalmente apeou da montaria santa, João juntou-se ao pobre homem e fez uma força danada para não chorar.

Nota do autor e agradecimentos

Este livro contraiu muitas dívidas, e tem um único inadimplente: o autor. Parte do texto é fruto do projeto desenvolvido no curso de Formação de Escritores do Vera Cruz.

Agradeço, portanto, a leitura atenta e compromissada de colegas e professores. Na história de Agustín Oviedo y Oviedo, o narrador se apropria de versos da música "Pelos vinte", de Paulinho da Viola: "Você me deixou pelos vinte/ no golpe da sorte/ entre a rosa e a preta/ na mesa da vida/ Você me deixou sem saída/ sinuca de bico/ a preta e a rosa/ na noite perdida".

O narrador também parafraseia desavergonhadamente trecho do conto "Meninão do Caixote", do pioneiro João Antônio Ferreira Filho [*Malagueta, Perus e Bacanaço*, São Paulo, Cosac Naify, 2004 (1963), p. 141]. Em homenagem póstuma ao escritor paulista, cito *verbatim* a passagem surrupiada: "Era um domingo. Dia claro, intenso, desses dias de outubro. Um sol... Desses dias de São Paulo, que ninguém precisa dizer que é domingo. Inesperados, dadivosos, e no entanto, malucos – costumam virar duma hora para outra".

Espero que ambos me perdoem a mão grande.

O narrador empresta de *Fuimos campeones – la dictadura, el Mundial 78 y el mistério del 6 a 0 a Perú*, de Ricardo Gotta (Buenos Aires, Edhasa, 2008) as análises sobre o futebol argentino às vésperas da Copa de 78, especialmente as renhidas discussões que levaram à escolha de Cesar Luis Menotti em detrimento de Juan Carlos Lorenzo, o Toto, para a direção técnica da *Selección*.

Todo o debate acerca do "racismo bem-comportado" em relação aos jogadores brasileiros negros das décadas de 50 e 60 foi sorvido das reflexões de Marcelo Medeiros Carvalho, diretor-executivo do Observatório da Discriminação Racial no Futebol e do livro *Pelé: estrela negra em campos verdes*, de Angélica Basthi (Rio de Janeiro, Garamond, 2008). O "diagnóstico" psicológico de Pelé e Garrincha antes da Copa de 58 também é relatado em *Estrela solitária: um brasileiro chamado Garrincha*, de Ruy Castro (Companhia das Letras, 1995). É deste mesmo livro de Ruy Castro que vem a transcrição no conto "O juiz" do episódio da falta de Ari Clemente em Pelé, num amistoso entre Corinthians e Seleção Brasileira, durante a preparação para o mesmo mundial de 58 na Suécia, que provocou a grave contusão do ponta-de-lança do Santos, colocando em risco sua presença no torneio. Ainda em "O juiz", a frase "Nós morremos pela Hungria e pela Europa...", proferida pelo personagem João, é extraída de um telex despachado pelo diretor da agência de imprensa húngara no momento em que seu escritório estava sendo bombardeado pela artilharia soviética, durante o levante de 1956 [ver Milan Kundera, *Un Occident kidnappé ou la tragédie de l'Europe Centrale*, Paris, Gallimard, 2021 (1983)].

No conto "Meu camarada Garrincha", os relatos de Eduard Streltsov sobre o cotidiano em Vyatlag e na União Soviética foram baseados livremente nas narrativas de Aleksandr Soljeitsyn, Svetlana Aleksiévitch, Elena Tchijova, Vassili Grossman, Sergei Dovlátov e, principalmente, Varlam Chálamov. Os episódios narrados em um ou outro livro aparecem, muitas vezes, entremeados e intercambiados entre si. Músicas patrióticas, hinos, canções, chistes e versos foram retirados dos mesmos autores. Os poemas de Óssip Mandelstam foram extraídos, respectivamente, do livro *Poesia da recusa*, organização e tradução de Augusto de Campos (São Paulo, Editora

Perspectiva, 2006), e de "Criação/poesia", de Boris Schnaiderman (*Estudos Avançados*, v. 12, n. 32, 1998).

O contexto da estrutura e funcionamento administrativo dos campos de trabalho pós-Stálin está em *The gulag after Stalin: redefining punishment in Khrushchev's Soviet Union, 1953-1964*, de Jeffrey S. Hardy (Ithaca, Cornell University Press, 2016).

Eduard Streltsov espera, encarecidamente, não ter dessagrado em sua conversa com Garrincha a memória dos milhões de vítimas do terror do Estado totalitário.

André Rosemberg / é pai do Jorge e do João, companheiro da Beta, historiador de ofício e formação, corintiano de sofrimento. Quando os joelhos lhe permitem, joga no meio-campo. Os críticos garantem que é um volante à moda antiga, desses que não se fabricam mais. Mestre e doutor em História Social pela USP, com especialidade em segurança pública e polícia, tem pós-doutorado em Ciências Sociais pela Unesp e em História pela PUC/SP. Entre artigos, livros, entrevistas e resenhas, escreveu *De chumbo e festim: uma história da polícia em São Paulo* (Edusp). É coautor de *Milton Neves: biografia do jornalista esportivo mais polêmico do Brasil* (Lazuli) e publicou ficção em antologias literárias.

Edição Bruno Zeni
Capa, projeto gráfico e ilustração Sílvia Nastari
Preparação de texto Cláudia Ribeiro Mesquita
Revisão Carmen T. S. Costa

Dados Internacionais de Catalogação na Publicação (CIP)
(Laura Emilia da Silva Siqueira CRB 8-8127)

Rosemberg, André
El Bólido Agustín / André Rosemberg; capa e projeto gráfico, Sílvia Nastari. 1ª ed. — São Paulo: Editora Quelônio: 2022. (Coleção Valsa de Esquina, 15). 200 pp.; 14 x 21,5 cm.

ISBN 978-65-87790-38-1

1. Ficção: Literatura brasileira 2. Literatura brasileira: contos
I. Rosemberg, André II. Nastari, Sílvia.

13-20228 CDD 869.93

Índices para catálogo sistemático:
1. Ficção: Literatura brasileira
2. Literatura brasileira : contos
869.93

Editora Quelônio

Rua Venâncio Aires, 1072
Vila Pompeia
05024-030
São Paulo - SP
www.quelonio.com.br

VALSA de esquina

Coleção de literatura
brasileira contemporânea

VALSA
de esquina

/

A literatura atual desconhece limites de gênero, estilo ou tema: o romance se fragmenta, o conto e a crônica se enlaçam, indistintos, a ficção está permeada de memorialismo e fantasmagoria, a poesia deriva para o prosaico – ou retoma, ora sarcástica, ora elevada, o rigor formal. Nessa contradança contemporânea, a narrativa, a lírica, a crônica e a memória se atracam, furtivamente, em uma valsa desencontrada.

A coleção Valsa de Esquina toma emprestado o título de um conto de Dalton Trevisan, incluído em *Novelas nada exemplares*, primeiro livro do autor. Também presta homenagem às "Valsas de esquina" compostas para o piano por Francisco Mignone.

Fontes Neue Haas Unica Pro e Bembo
Impressão psi7
Tiragem 300 exemplares

Coleção Valsa de Esquina, volume 15
São Paulo, outubro de 2022